Las obr

Confesión

León Tolstoi

Лев Николаевич Толстой

Traducción original de Newcomb Livraria Press 2023 a partir de las tiradas originales en ruso y alemán de la 1ª edición utilizando métodos híbridos.

Contenido

I

Fui bautizado y educado en la fe cristiana ortodoxa. Me la enseñaron desde la infancia y durante toda mi adolescencia y juventud. Pero cuando dejé el segundo año de universidad, a los 18 años, ya no creía en nada de lo que me habían enseñado.

A juzgar por algunos recuerdos, nunca creí seriamente, sino que sólo tenía confianza en lo que me habían enseñado y en lo que los grandes profesaban ante mí; pero esta confianza era muy vacilante.

Recuerdo que, cuando yo tenía unos once años, un muchacho, muerto hace tiempo, Volodynka M., que estudiaba en el gimnasio, viniendo a vernos un domingo, nos anunció como última novedad un descubrimiento hecho en el gimnasio. El descubrimiento era que Dios no existe y que todo lo que nos enseñan es sólo ficción (esto fue en 1838). Recuerdo cómo los hermanos mayores se interesaron por esta noticia y me llamaron al consejo. Todos, recuerdo, nos emocionamos mucho y aceptamos esta noticia como algo muy divertido y muy posible.

Recuerdo también que cuando mi hermano mayor Dimitri, estando en la universidad, de repente, con pasión propia de su naturaleza, se entregó a la fe y empezó a ir a todos los oficios, a ayunar, a llevar una vida pura y moral, todos, incluso los mayores, no dejábamos de reírnos de él, y por alguna razón le apodábamos Noé. Recuerdo que Musin-Pushkin, que entonces era administrador de la Universidad de Kazán, llamándonos a bailar con él, persuadió burlonamente a su refractario hermano de que David también bailaba ante el arca. Entonces simpaticé con estas bromas de mis mayores y deduje de ellas la conclusión de que había que aprender el catecismo e ir a la iglesia, pero que no había que tomárselo todo demasiado en serio. Recuerdo también que cuando era muy joven leía a Voltaire, y sus ridiculeces no sólo no me indignaban, sino que me divertían mucho.

Mi alejamiento de la fe ocurrió en mí de la misma manera que ocurrió y ocurre ahora en personas de nuestro tipo de educación. Según me parece, ocurre en la mayoría de los casos de la siguiente manera: la gente vive como vive todo el mundo, pero todos viven sobre la base de principios que no sólo no tienen nada que ver con la doctrina, sino que en su mayoría son contrarios a ella; la doctrina no participa en la vida, y en el trato con otras personas uno nunca tiene que enfrentarse a ella, y en la propia vida uno nunca tiene que vérselas con ella; esta doctrina se practica en algún lugar ahí fuera, lejos de la vida e independiente de ella. Si uno se encuentra con ella, es sólo como un fenómeno externo, sin relación con la vida.

Por la vida de una persona, por sus actos, tanto ahora como antes, no hay forma de saber si es creyente o no. Si hay alguna diferencia entre los que profesan claramente la Ortodoxia y los que la niegan, no es a favor de los primeros. Tanto ahora como antes, el reconocimiento y la confesión explícitos de la Ortodoxia se daban más a menudo en personas estúpidas, crueles e inmorales, que se consideraban muy importantes. La inteligencia, la honestidad, la rectitud, la bondad y la moralidad se encontraban más a menudo en personas que se reconocían a sí mismas como no creyentes.

Las escuelas enseñan el catecismo y envían a los alumnos a la iglesia; los funcionarios están obligados a dar testimonio de haber comulgado. Pero un hombre de nuestro círculo, que ya no estudia y no ejerce ningún cargo público, incluso ahora, y antaño aún más, podría vivir durante décadas sin recordar ni una sola vez que vive entre cristianos y que él mismo es considerado como profesante de la fe cristiana ortodoxa.

Así, tanto ahora como antes, la doctrina, aceptada en la confianza y apoyada por la presión externa, se deshace poco a poco bajo la influencia de los conocimientos y experiencias de la vida contrarios a la doctrina, y una persona vive muy a menudo mucho tiempo imaginando que la doctrina, que le fue comunicada desde la infancia, está en ella, mientras que no queda ni rastro de ella durante mucho tiempo.

Me ha contado S., hombre inteligente y veraz, cómo dejó de creer. Tenía unos veintiséis años, y una vez, en un alojamiento durante una cacería, según una vieja costumbre adoptada desde la infancia, se puso a rezar por la noche. Su hermano mayor, que había estado cazando con él, estaba tumbado en el heno y le observaba. Cuando S. hubo terminadc y empezó a acostarse, su hermano le dijo: "¿Sigues haciendo esto?". Y no se dijeron nada más. Y S. dejó desde aquel día de rezar y de ir a la iglesia. Y ahora hace treinta años que no reza, no comulga y no va a la iglesia. Y no porque conociera las convicciones de su hermano y se hubiera unido a ellas, no porque hubiera decidido algo en su alma, sino sólo porque esta palabra, pronunciada por su hermano, fue como empujar con un dedo un muro, que estaba a punto de caer por su propio peso; esta palabra era una indicación de que donde él creía que había fe, hacía tiempo que era un lugar vacío, y que, por lo tanto, las palabras que pronunciaba, y las cruces y reverencias que hacía mientras estaba de pie en oración, eran acciones bastante carentes de sentido. Reconociendo su falta de sentido, no podía continuar con ellas.

Así era y es, creo, con la gran mayoría de la gente. Hablo de personas de nuestra educación, hablo de personas que son fieles a sí mismas, y no de quienes hacen del objeto mismo de la fe un medio para alcanzar algún fin temporal. (Estas personas son los incrédulos más radicales, porque si para ellos la fe es un medio para alcanzar algunos objetivos mundanos, ciertamente no es fe). Estas personas de nuestra educación se encuentran en la posición de que la luz del conocimiento y de la vida ha derretido el edificio artificial, y o bien ya se han dado cuenta de ello y le han hecho sitio, o bien todavía no se han dado cuenta.

El credo que se me comunicó desde la infancia ha desaparecido en mí como en los demás, con la única diferencia de que, como empecé a leer y a pensar mucho muy pronto, mi renuncia al credo se hizo consciente muy pronto. A partir de los dieciséis años dejé de ponerme de pie para rezar, y dejé por voluntad propia de ir a la iglesia y rezar. Dejé de creer en lo que me habían informado desde la infancia, pero creía en algo. No sabría decir en qué creía. También creía en Dios, o mejor dicho, no negaba a Dios, pero qué clase de Dios, no podía decirlo;

tampoco negaba a Cristo y su doctrina, pero cuál era su doctrina, tampoco podía decirlo.

Ahora, recordando aquella época, veo claramente que mi fe -la que, aparte de los instintos animales, movía mi vida-, mi única fe verdadera en aquel momento era la fe en la perfección. Pero qué era esa perfección y cuál era su objetivo, no sabría decirlo. Traté de mejorarme mentalmente - aprendí todo lo que pude y a lo que la vida me empujó; traté de mejorar mi voluntad - me hice reglas, que traté de seguir; me mejoré físicamente, por cada ejercicio para refinar la fuerza y la agilidad y cada privación para enseñarme a mí mismo a la resistencia y la paciencia. Y todo esto lo consideraba la perfección. El principio de todo era, por supuesto, la perfección moral, pero pronto fue sustituida por la perfección en general, es decir, el deseo de ser mejor no ante mí mismo o ante Dios, sino el deseo de ser mejor ante los demás. Y muy pronto este deseo de ser mejor ante los hombres fue sustituido por el deseo de ser más fuerte que los demás hombres, es decir, más glorioso, más importante, más rico que los demás.

II

Algún día contaré la historia de mi vida, tan conmovedora como instructiva en estos diez años de mi juventud. Creo que muchos y muchas han experimentado lo mismo. Anhelaba con toda mi alma ser bueno; pero era joven, tenía pasiones, y estaba solo, completamente solo, en la búsqueda del bien. Cada vez que trataba de manifestar lo que constituía mis más sinceros deseos: que quería ser moralmente bueno, me encontraba con el desprecio y la burla; y tan pronto como me entregaba a viles pasiones, era alabado y alentado. La ambición, el ansia de poder, la codicia, la avaricia, el orgullo, la ira, la venganza, todo ello era respetado. Cediendo a estas pasiones, me convertía en un grande y me sentía satisfecho. Mi bondadosa tía, el ser más puro con el que viví, siempre me decía que no deseaba nada tanto para mí como que tuviera una aventura con una mujer casada: "rien ne forme un jeune homme comme une liaison avec une femme comme il faut"; aún otra felicidad me deseaba, -que fuera ayudante, y preferentemente del soberano; y la mayor felicidad -que me casara con una muchacha muy rica, y que, como consecuencia de este matrimonio, tuviera tantos esclavos como fuera posible.

No puedo recordar estos años sin horror, asco y angustia. Maté gente en la guerra, los reté a duelo para matarlos, perdí a las cartas, me comí el trabajo de los hombres, los ejecuté, forniqué, hice trampas. Mentí, robé, cometí adulterios de todo tipo, borracheras, violencia, asesiné.... No había delito que no cometiera, y por todo ello era alabado, considerado y tenido por mis iguales como un hombre comparativamente moral.

Así es como viví durante diez años.

Durante ese tiempo empecé a escribir por vanidad, interés propio y orgullo. En mis escritos hacía lo mismo que en mi vida. Para tener la fama y el dinero por los que escribía, era necesario ocultar lo bueno y exponer lo malo. Eso es lo que hice. Cuántas veces logré ocultar en mis escritos, bajo la apariencia de la indiferencia e incluso de una ligera burla, aquellas aspiraciones de bien, que constituían el sentido de mi vida. Y lo logré: Fui elogiado.

Cuando tenía veintiséis años, llegué a San Petersburgo después de la guerra y me reuní con los escritores. Me aceptaron como a uno de los suyos, me halagaron. Y antes de que me diera cuenta, las visiones clasistas de la vida de los escritores de aquellas personas con las que me había mezclado habían sido asimiladas por mí y habían borrado por completo todos mis intentos anteriores de superarme. Esos puntos de vista sustituyeron la promiscuidad de mi vida por una teoría que la justificaba.

La visión de la vida de estas personas, mis colegas escritores, era que la vida en general se desarrolla y que nosotros, la gente de pensamiento, tomamos la parte principal en este desarrollo, y de la gente de pensamiento nosotros - artistas y poetas - tenemos la influencia principal. Nuestra vocación es enseñar a la gente. Para evitar esa pregunta natural a mí mismo: qué sé y qué debo enseñar - en esta teoría se descubrió que no es necesario saberlo, sino que el artista y el poeta enseñan inconscientemente. Yo era considerado un artista y poeta maravilloso, y por lo tanto era muy natural para mí interiorizar esta teoría. Yo -artista, poeta- escribía, enseñaba, sin saberlo yo mismo. Me pagaban dinero por ello, tenía buena comida, habitación, mujeres, sociedad, tenía fama. Así que lo que enseñaba era muy bueno.

Existía esta fe en el valor de la poesía y en el desarrollo de la vida, y yo era uno de sus sacerdotes. Ser sacerdote de ella era muy provechoso y agradable. Y viví en esta fe durante bastante tiempo sin dudar de su verdad. Pero en el segundo y sobre todo en el tercer año de esta vida empecé a dudar de la infalibilidad de esta fe y comencé a investigarla. La primera causa de duda fue que empecé a notar que los sacerdotes de esta fe no estaban todos de acuerdo entre sí. Unos decían: somos los maestros más buenos y útiles, enseñamos lo necesario, mientras que otros enseñan mal. Y otros decían: No, nosotros somos los verdaderos, y vosotros enseñáis mal. Y discutían, se peleaban, se reñían, se engañaban, se briboneaban unos a otros. Además, había mucha gente entre nosotros a la que no le importaba quién tenía razón o no, sino que simplemente conseguían sus propios objetivos egoístas a través de estas actividades nuestras. Todo esto me hizo dudar de la verdad de nuestra fe.

Además, habiendo dudado de la verdad de la propia fe de los escritores, empecé a observar más de cerca a sus sacerdotes y me convencí de que casi todos los sacerdotes de esta fe, los escritores, eran personas inmorales y, en su mayoría, malas personas, de carácter bajo -mucho más bajo que las personas que había conocido en mi anterior vida disoluta y militar-, pero seguras de sí mismas y satisfechas de sí mismas, como sólo las personas que son bastante santas o que no saben lo que es la santidad. La gente me repugnaba, y yo me repugnaba a mí mismo, y me di cuenta de que aquella fe era un engaño.

Pero lo extraño es que, aunque pronto me di cuenta de la mentira de esa fe y renuncié a ella, no renuncié al rango que me otorgaban esas personas: el de artista, poeta, profesor. Ingenuamente imaginé que era un poeta, un artista, y que podía enseñar a todo el mundo sin saber lo que estaba enseñando. Y así lo hice.

De mi cercanía con estas personas traje un nuevo vicio - un orgullo dolorosamente desarrollado y una loca confianza en que estaba llamado a enseñar a la gente sin saber lo que estaba enseñando.

Ahora, recordando este tiempo, mi estado de ánimo entonces y el estado de ánimo de esas personas (hay miles de ellos, sin embargo, y ahora), estoy a la vez apenado, y asustado, y divertido - hay exactamente la misma sensación que se experimenta en la casa de los locos.

Todos estábamos convencidos entonces de que había que hablar y hablar, escribir, imprimir, cuanto antes, cuanto más mejor, que todo era necesario por el bien de la humanidad. Y miles de nosotros, negándonos, regañándonos unos a otros, todos tecleábamos, escribíamos, instruíamos a los demás. Y sin darnos cuenta de que no sabemos nada, de que no sabemos qué responder a la pregunta más simple de la vida: qué es bueno y qué es malo, hablábamos todos a la vez sin escucharnos, a veces consintiéndonos y elogiándonos para que me consintieran y elogiaran, a veces irritándonos y gritándonos, como en un manicomio.

Miles de obreros trabajaban día y noche, mecanografiando e imprimiendo millones de palabras, y el correo las repartía por toda Rusia, y nosotros seguíamos enseñando, enseñando, enseñando, y enseñando cada vez más, y no teníamos tiempo para enseñarlo todo, y seguíamos enfadados porque no se nos escuchaba lo suficiente.

Terriblemente extraño, pero ahora tiene sentido para mí. Nuestro verdadero y sincero razonamiento era que queríamos conseguir todo el dinero y los elogios posibles. Para lograr este objetivo, no podíamos hacer otra cosa que escribir libros y periódicos. Eso es lo que hacíamos. Pero para poder hacer algo tan inútil y tener la confianza de que éramos gente muy importante, necesitábamos un razonamiento que justificara nuestra actividad. Y así se nos ocurrió lo siguiente: todo lo que existe es razonable. Todo lo que existe, todo se desarrolla. Todo se desarrolla a través de la iluminación. La ilustración se mide por la distribución de libros, periódicos. Y a nosotros nos pagan dinero y nos respetan por escribir libros y periódicos, así que somos las personas más útiles y buenas. Este razonamiento estaría muy bien si todos estuviéramos de acuerdo; pero como por cada pensamiento expresado por uno, siempre había un pensamiento diametralmente opuesto expresado por otro, debería habernos hecho entrar en razón. Pero no nos dimos cuenta. Nos pagaban dinero y la gente de nuestro partido nos alababa, así que cada uno de nosotros pensaba que tenía razón.

Ahora tengo claro que no había ninguna diferencia con el manicomio; entonces sólo lo sospechaba vagamente, y eso sólo, como todos los locos, -llamaba locos a todos menos a mí mismo.

III

Así viví, entregándome a esta locura durante otros seis años, hasta mi matrimonio. En esta época me fui al extranjero. Mi vida en Europa y mi acercamiento a gente europea avanzada y culta me confirmaron aún más en esa fe de perfección en general, de la que yo vivía, porque la misma fe encontré en ellos. Esta fe tomó en mí la forma habitual que tiene en la mayoría de las personas cultas de nuestro tiempo; esta fe se expresaba con la palabra "progreso". En aquel momento me pareció que esta palabra expresaba algo. Todavía no me daba cuenta de que, atormentado como está cualquier persona viva por preguntas sobre cómo debo vivir, yo, respondiendo: "Vivir de acuerdo con el progreso", estaría diciendo exactamente lo mismo que un hombre llevado en una barca por las olas y el viento diría a la principal y única pregunta: "¿Dónde quedarse?", si él, sin responder a la pregunta, dijera: "Nos llevan a alguna parte.

No me di cuenta entonces. Sólo de vez en cuando -no la razón, sino el sentimiento- me indignaba contra esta superstición común en nuestro tiempo, por la que la gente oculta de sí misma su incomprensión de la vida. Así, mientras estaba en París, la visión de la pena de muerte me expuso la precariedad de mi superstición del progreso. Cuando vi la cabeza separada del cuerpo, y a ambos golpeando por separado en la caja, me di cuenta, no con mi mente, sino con todo mi ser, de que ninguna teoría de lo razonable de existir y del progreso podía justificar este acto, y que si todas las personas del mundo, por las teorías que sean, desde la creación del mundo, lo han encontrado necesario - yo sé que no es necesario, que es malo, y que por lo tanto el juez de lo que es bueno y necesario no es lo que los hombres dicen y hacen, ni el progreso, sino yo con mi corazón. Otro ejemplo de la conciencia de la insuficiencia para la vida de la superstición del progreso fue la muerte de mi hermano. Hombre inteligente, amable y serio, enfermó joven, sufrió durante más de un año y murió dolorosamente, sin comprender por qué vivía y menos aún por qué moría. Ninguna teoría podía responder a estas preguntas, ni a mí ni a él durante su lenta y agónica agonía.

Pero sólo fueron casos aislados de duda; en esencia, seguí viviendo, profesando únicamente fe en el progreso. "Todo se desarrolla, y yo me desarrollo; y por qué es que me desarrollo junto con todos los demás, eso ya se verá". Así tendría que formular entonces mi fe.

De regreso del extranjero, me instalé en el campo y me dediqué a la ocupación de las escuelas campesinas. Esta ocupación me llegaba especialmente al corazón, porque no contenía las mentiras que se me habían hecho evidentes, que ya me habían cortado los ojos en la actividad de la enseñanza literaria. También aquí actué en nombre del progreso, pero ya era crítico con el progreso mismo. Me decía a mí mismo que el progreso en algunos de sus fenómenos era erróneo y que era necesario tratar a los primitivos, a los niños campesinos, con total libertad, ofreciéndoles elegir el camino del progreso que quisieran.

En el fondo, sin embargo, daba vueltas a la misma insoluble tarea de enseñar sin saber qué enseñar. En las esferas superiores de la actividad literaria, tenía claro que no se puede enseñar sin saber qué enseñar, porque veía que cada uno enseña de forma diferente y las discusiones entre ellos ocultan sólo a sí mismos su ignorancia; aquí, con los niños campesinos, pensaba que se puede sortear esta dificultad permitiendo que los niños aprendan lo que quieran. Me hace gracia recordar ahora cómo me afanaba por satisfacer mis ansias de enseñar, aunque en el fondo sabía muy bien que no podía enseñar nada de lo que era necesario, porque no sabía lo que era necesario. Después de pasar un año en la escuela, me fui al extranjero para averiguar cómo se hacía allí, de modo que, sin saber nada yo mismo, pudiera enseñar a los demás.

Y me pareció que lo había aprendido en el extranjero, y armado con toda esta sabiduría, en el año de la liberación de los campesinos regresé a Rusia y, ocupando el lugar de un mediador, empecé a enseñar tanto a la gente inculta en las escuelas como a la gente culta en la revista que empecé a publicar. Las cosas parecían ir bien, pero sentí que no estaba del todo sano mentalmente y que aquello no podía durar mucho. Y podría haber llegado a la misma desesperación a la que llegué a los cincuenta si no hubiera tenido otro aspecto de la vida, que aún no había explorado y que me prometía la salvación: era la vida familiar.

Durante un año me dediqué a la mediación, a las escuelas y a la revista, y llegué a estar tan agotado, sobre todo por el hecho de que me confundía, tan pesada era mi lucha en la mediación, tan vaga mi actividad en las escuelas, tan asqueado me volvía mi meneo en la revista, que todo consistía en lo mismo - en el deseo de enseñar a todo el mundo y ocultar el hecho de que no sé qué enseñar, que me enfermé más espiritualmente que físicamente - lo dejé todo y me fui a la estepa con los baskires - a respirar el aire, beber kumys y vivir una vida animal.

Cuando regresé de allí, me casé. Las nuevas condiciones de una vida familiar feliz me habían distraído por completo de cualquier búsqueda del sentido general de la vida. Durante este tiempo toda mi vida se concentró en mi familia, en mi mujer, en mis hijos, y por tanto en las preocupaciones por aumentar los medios de vida. La aspiración a la mejora, que ya había sido sustituida por la aspiración a la mejora en general, al progreso, era ahora directamente sustituida por la aspiración a que yo y mi familia estuviéramos lo mejor posible.

Así transcurrieron quince años más.

A pesar de que durante esos quince años consideré que escribir era una bagatela, seguí haciéndolo. Ya había probado el señuelo de la escritura, el de las enormes recompensas monetarias y los aplausos por una labor insignificante, y me entregaba a ella como medio de mejorar mi situación económica y ahogar en el alma cualquier interrogante sobre el sentido de mi vida y en general.

Escribí, enseñando lo que para mí era una única verdad, que es necesario vivir para que yo y mi familia estuviéramos lo mejor posible.

Así vivía yo, pero hace cinco años empezó a ocurrirme algo muy extraño: al principio empecé a experimentar momentos de desconcierto, de vida detenida, como si no supiera cómo vivir, qué hacer, y estuviera perdido y cayera en el abatimiento. Pero pasó, y seguí viviendo como antes. Luego, estos momentos de perplejidad empezaron a repetirse cada vez con más frecuencia y de la misma forma. Estas paradas de la vida se expresaban siempre con las mismas preguntas: ¿Por qué? ¿Y después?

Al principio pensé que eran sólo eso: preguntas sin sentido, irrelevantes. Me parecía que todo era conocido y que si alguna vez quería resolverlas, no me costaría ningún trabajo, - que ahora sólo no tenía tiempo para hacerlo, y cuando quisiera hacerlo, entonces encontraría las respuestas. Pero cada vez más a menudo las preguntas empezaron a repetirse, cada vez con más urgencia requerían respuestas, y como puntos, cayendo todos sobre un mismo lugar, estas preguntas sin respuesta se fusionaron en un punto negro.

"A todos los que enferman de una enfermedad interna mortal les pasa lo que a mí. Al principio hay signos insignificantes de indisposición, a los que el paciente no presta atención, luego estos signos se repiten cada vez con más frecuencia y se funden en un sufrimiento indivisible en el tiempo. El sufrimiento crece, y el paciente no tendrá tiempo de mirar atrás, y ya se da cuenta de que lo que tomaba por indisposición, es lo que es más significativo para él que cualquier otra cosa en el mundo, que es la muerte.

A mí me ocurrió lo mismo. Me di cuenta de que no se trataba de una dolencia fortuita, sino de algo muy importante, y de que si las mismas preguntas se repetían, era necesario responderlas. Así que intenté responderlas. Las preguntas parecían tan tontas, tan simples, tan infantiles. Pero en cuanto las toqué e intenté resolverlas, me convencí inmediatamente, primero, de que no eran preguntas infantiles y tontas, sino las preguntas más importantes y profundas de la vida, y, segundo, de que no podía ni quería, por mucho que lo pensara, resolverlas. Antes de ocupar la finca de Samara, criar a mi hijo, escribir un libro, es necesario saber por qué lo voy a hacer. Hasta que no sepa por qué, no podré hacer nada. Entre mis pensamientos sobre economía, que me ocupaban mucho en aquel momento, de repente me vino a la mente la pregunta: "Bueno, bueno, tendrás 6000 diezmos en la provincia de Samara, 300 cabezas de caballos, y luego...". Y me quedé completamente estupefacto y no supe qué pensar a continuación. O, empezando a pensar en cómo educaría a mis hijos, me decía: "¿Por qué?" O, pensando en cómo el pueblo podría alcanzar la prosperidad, me decía de pronto: "¿Por qué debería importarme?". O, pensando en la gloria que adquirirían para mí mis escritos, me decía: "Muy bien, serás más glorioso que Gogol, Pushkin, Shakespeare, Molière, todos los escritores del mundo, ¡y qué!".

Y no pude responder nada y nada.

IV

Mi vida se había detenido. Podía respirar, comer, beber, dormir, y no podía no respirar, comer, beber ni dormir; pero no había vida, porque no había deseos cuya satisfacción me pareciera razonable. Si deseaba algo, sabía de antemano que, tanto si satisfacía como si no satisfacía mi deseo, nada saldría de ello.

Si viniera una hechicera y me pidiera que cumpliera mis deseos, no sabría qué decir. Si en los momentos de embriaguez no tengo deseos, sino hábitos de deseos anteriores, en los momentos de sobriedad sé que es un engaño, que no hay nada que desear. Ni siquiera saber la verdad podía desear, porque adivinaba en qué consistía. La verdad era que la vida es un sinsentido.

Era como si estuviera viviendo, caminando, andando y llegara al abismo y viera claramente que no hay nada más adelante que destrucción. Y no puedes parar, y no puedes volver atrás, y no puedes cerrar los ojos, para que no puedas ver que no hay nada más adelante que el engaño de la vida y la felicidad y el sufrimiento real y la muerte real - la aniquilación total.

La vida me aburría; alguna fuerza irresistible me empujaba a librarme de ella de algún modo. No puede decirse que quisiera suicidarme. La fuerza que me alejaba de la vida era más fuerte, más plena, más total. Era una fuerza parecida al anterior deseo de vida, sólo que en sentido contrario. Me alejaba de la vida con todas mis fuerzas. La idea del suicidio me vino tan naturalmente como antes me había venido la idea de mejorar mi vida. El pensamiento era tan tentador que tuve que usar estratagemas contra mí mismo para no llevarlo demasiado apresuradamente a su cumplimiento. No quería apresurarme sólo porque quería hacer todo lo posible por desenredarme. Si no me desenredo, siempre llegaré a tiempo, me dije. Y entonces yo, un hombre feliz, saqué de mi habitación el cordón, donde todas las noches estaba solo, desvistiéndome, para no ahorcarme en el peldaño entre los armarios, y dejé de ir de caza con mi escopeta, para no caer en la tentación de una forma demasiado fácil de librarme de la vida. Yo mismo no sabía lo que quería: Tenía miedo de la vida, me esforzaba por alejarme de ella y, sin embargo, seguía esperando algo de ella.

Y esto me fue hecho en una época en que por todos lados tenía lo que se considera la felicidad perfecta: era cuando no tenía cincuenta años. Tenía una esposa amable, cariñosa y amada, buenos hijos, una gran hacienda, que crecía y aumentaba sin trabajo por mi parte. Era respetado por íntimos y conocidos, más que nunca, era alabado por extraños, y podía considerar que tenía fama, sin mucha autoindulgencia. No sólo no me encontraba mal corporal ni espiritualmente, sino que, por el contrario, gozaba de una fuerza tanto espiritual como corporal que rara vez encontraba en mis coetáneos: corporalmente podía trabajar en los campos de siega, manteniéndome a la altura de los hombres; mentalmente podía trabajar de ocho a diez horas seguidas sin experimentar ninguna consecuencia de tal esfuerzo.

Y en esta posición, llegué al punto de no poder vivir y, temiendo la muerte, tuve que utilizar trucos contra mí mismo para no privarme de la vida.

Este estado de ánimo se me expresaba de la siguiente manera: mi vida es una broma estúpida y malvada que alguien me ha gastado. A pesar de que no reconocía a ningún "alguien" que me hubiera creado, esta forma de representación, la de que alguien me había gastado una broma malvada y estúpida al traerme al mundo, era la más natural para mí.

Involuntariamente me imaginé que había alguien en algún lugar, que ahora se estaba riendo de mí, mirándome, cómo había vivido durante 30-40 años, vivido aprendiendo, desarrollándome, creciendo en cuerpo y espíritu, y cómo estaba ahora, habiendo fortalecido completamente mi mente, habiendo alcanzado el pináculo de la vida, desde el cual toda ella se abre - cómo era un tonto de pie en ese pináculo, dándome cuenta claramente de que no había nada en la vida, y no lo había, y no lo habrá. "Y se está riendo..."

Pero si existe o no ese alguien que se ríe de mí, no me hace sentir mejor. No podía darle ningún sentido racional a ninguna de mis acciones ni a toda mi vida. Sólo me asombra cómo no pude darme cuenta al principio. Hace tanto tiempo que todo el mundo lo sabe. Ahora no -mañana las enfermedades y la muerte vendrán (y ya han venido) sobre la gente que amo, sobre mí, y no quedará nada más que hedor y gusanos. Mis actos, cualesquiera que hayan sido, serán olvidados, tarde o temprano, y yo habré desaparecido. Entonces, ¿por qué molestarse? Cómo puede un hombre no ver esto y vivir - ¡eso es lo asombroso! Sólo se puede vivir cuando se está ebrio de vida; y cuando se está sobrio, no se puede dejar de ver que todo esto no es más que un engaño, ¡y un engaño tonto! Exactamente, que nada es ni siquiera divertido e ingenioso, sino simplemente cruel y estúpido.

Hace mucho tiempo se contaba una fábula oriental sobre un viajero atrapado en la estepa por una bestia enfurecida. Huyendo de la bestia, el viajero salta a un pozo sin agua, pero en el fondo del pozo ve a un dragón que abre la boca para devorarlo. Y el desdichado, no atreviéndose a salir para no ser muerto por la bestia enfurecida, no atreviéndose a saltar al fondo del pozo para no ser devorado por el dragón, se agarra a las ramas de un arbusto silvestre que crece en las grietas del pozo y se aferra a él. Las manos le flaquean y siente que pronto deberá entregarse a la perdición que le espera por ambos lados; pero aguanta, y mientras aguanta mira a su alrededor y ve a dos ratones, uno negro y el otro blanco, que rodean uniformemente el tronco del arbusto del que cuelga, socavándolo. El arbusto está a punto de romperse por sí mismo y caer en la boca del dragón. El viajero lo ve y sabe que perecerá inevitablemente; pero mientras cuelga, busca a su alrededor y encuentra gotas de miel en las hojas del arbusto, las saca con la lengua y las lame. Así yo me aferro a las ramas de la vida, sabiendo que inevitablemente me espera el dragón de la muerte, dispuesto a despedazarme, y no puedo comprender por qué me encuentro en este tormento. Y trato de chupar esa miel que antes me consolaba; pero esa miel ya no me agrada, y el ratón blanco y negro -día y noche- socavan la rama a la que me aferro. Veo claramente al dragón, y la miel ya no es dulce para mí. Veo una cosa -el inevitable dragón y los ratones- y no puedo apartar los ojos de ellos. Y esto no es una fábula, sino una verdad cierta, innegable y comprensible.

El antiguo engaño de las alegrías de la vida, que ahogaba el horror del dragón, ya no me engaña. No importa cuánta gente me diga: no puedes entender el sentido de la vida, no pienses, vive - no puedo hacerlo, porque ya lo hice demasiado tiempo antes. Ahora no puedo evitar ver que el día y la noche corren y me llevan hacia la muerte. Veo esta única cosa, porque esta única cosa es la verdad. El resto es todo mentira.

Las dos gotas de miel que durante más tiempo apartaron mis ojos de la cruel verdad -el amor a la familia y la escritura que solía llamar arte- ya no son dulces para mí.

"Familia...." - Me decía a mí mismo;" pero la familia es la esposa, los hijos; ellos también son seres humanos. Están en las mismas condiciones que yo: o viven una mentira o ven la horrible verdad. ¿Por qué deberían vivir? ¿Por qué debo amarlos, quererlos, criarlos y educarlos? Por la misma desesperación que hay en mí, ¡o por estupidez! Al amarlos, no puedo ocultarles la verdad, cada paso en el conocimiento los lleva a esa verdad. Y la verdad es la muerte.

"¿Arte, poesía...?" Durante mucho tiempo, bajo la influencia del éxito de los elogios de la gente, me aseguré a mí mismo que eso era lo que había que hacer, aunque llegara la muerte, que lo destruiría todo: a mí, mis obras y el recuerdo de ellas; pero pronto vi que también eso era un engaño. Tenía claro que el arte es un adorno para la vida, un señuelo para la vida. Pero la vida había perdido su atractivo para mí; ¿cómo podría yo atraer a los demás? Mientras no vivía mi vida, y la vida de los demás me llevaba en sus olas, mientras creía que la vida tiene sentido, aunque no sé cómo expresarlo - los reflejos de la vida de todo tipo en la poesía y el arte me daban alegría, me divertía mirar la vida en este espejo del arte, pero cuando empecé a encontrar el sentido de la vida, cuando sentí la necesidad de vivir, - el espejo se convirtió en mí o innecesario, innecesario y divertido, o doloroso. Ya no podía consolarme viendo en el espejo que mi situación era estúpida y desesperada. Era bueno para mí regocijarme en esto, cuando en mi corazón creía que mi vida tenía sentido. Entonces este juego de luces y sombras -lo cómico, lo trágico, lo conmovedor, lo bello, lo terrible de la vida- me divertía. Pero cuando supe que la vida carecía de sentido y era horrible, el juego de espejos ya no pudo divertirme. Ninguna dulzura de miel podía ser dulce para mí cuando vi que el dragón y los ratones socavaban mi apoyo.

Pero ni siquiera eso fue suficiente. Si simplemente me hubiera dado cuenta de que la vida no tenía sentido, podría saberlo tranquilamente, podría saber que ése era mi destino. Pero no podía descansar en eso. Si hubiera sido como un hombre que vive en un bosque del que sabe que no hay salida, podría haber vivido; pero era como un hombre perdido en un bosque, que está aterrorizado de perderse, y da tumbos de un lado a otro, queriendo ponerse en camino, sabe que cada paso le confunde más, y no puede evitar dar tumbos.

Eso era horrible. Y para librarme de ese horror, quise suicidarme. Sentía horror ante lo que me esperaba; sabía que ese horror era más terrible que la propia situación, pero no podía ahuyentarlo ni esperar pacientemente el final. Por muy convincente que fuera el razonamiento de que un vaso de mi corazón reventaría o algo reventaría y todo acabaría, no podía esperar pacientemente el final. El horror de la oscuridad era demasiado grande y quería librarme de él con un lazo o una bala. Y éste era el sentimiento que me atraía con más fuerza hacia el suicidio.

V

"Pero, ¿quizá he pasado algo por alto, he entendido algo mal? - me dije varias veces. - No puede ser que este estado de desesperación sea propio de la gente". Y busqué explicaciones a mis preguntas en todos los conocimientos que la gente había adquirido. Y busqué penosa y largamente, y no por curiosidad ociosa, no perezosamente, sino que busqué penosa y persistentemente, días y noches, -busqué como un hombre que perece busca la salvación- y no encontré nada.

Busqué en todo el conocimiento y no sólo no encontré nada, sino que estaba convencido de que todos los que, como yo, buscaban en el conocimiento, no encontraban nada. Y no sólo no encontraron nada, sino que reconocieron claramente que aquello mismo que me llevaba a la desesperación -el sinsentido de la vida- era el único conocimiento cierto de que disponía el hombre.

Busqué por todas partes y, gracias a una vida dedicada al aprendizaje, y también al hecho de que, a través de mis conexiones con el mundo de los científicos, tuve acceso a los propios científicos de todas las diversas ramas del saber, que no fueron reacios a revelarme todos sus conocimientos no sólo en libros, sino también en conversaciones - aprendí todo lo que el conocimiento responde a la cuestión de la vida.

Durante mucho tiempo no pude creer que el conocimiento no responde a otra cosa que a las preguntas de la vida. Durante mucho tiempo me pareció, viendo la importancia y la seriedad del tono de la ciencia, que afirmaba sus posiciones que nada tenían que ver con las preguntas de la vida humana, que no entendía algo. Durante mucho tiempo fui tímido ante el conocimiento, y me parecía que la incoherencia de las respuestas a mis preguntas no era culpa del conocimiento, sino de mi ignorancia; pero el asunto no era para mí una broma, ni un divertimento, sino el asunto de mi vida, y fui llevado a la convicción de que mis preguntas eran sólo preguntas legítimas, que servían de base a todo conocimiento, y que no era yo quien tenía la culpa de mis preguntas, sino la ciencia, si tenía la pretensión de responder a estas preguntas.

Mi pregunta -la que me llevó al suicidio a los cincuenta años- era la pregunta más simple que yace en el alma de todo ser humano, desde el niño tonto hasta el anciano más sabio -la pregunta sin la cual la vida es imposible, como he experimentado en la práctica. La pregunta es: "¿Qué saldrá de lo que hago ahora, qué haré mañana... qué saldrá de toda mi vida?".

Expresada de otro modo, la pregunta sería: "¿Por qué debo vivir, por qué debo desear algo, por qué debo hacer algo?". Expresada aún de otro modo, la pregunta podría ser: "¿Hay algún sentido en mi vida que no sea destruido por mi muerte inevitablemente inminente?".

Para esta única y misma pregunta, expresada de manera diferente, busqué una respuesta en el conocimiento humano. Y descubrí que, en relación con esta pregunta, todo el conocimiento humano está dividido como en dos hemisferios opuestos, en cuyos extremos opuestos hay dos polos: uno negativo, el otro positivo; pero que en ninguno de los dos polos hay respuestas a las preguntas de la vida.

Una serie de conocimientos como si no reconociera la pregunta, pero responde con claridad y precisión a sus preguntas planteadas independientemente: se trata de una serie de conocimientos experienciales, y en su punto extremo se encuentran las matemáticas; otra serie de conocimientos reconoce la pregunta, pero no la responde: se trata de una serie de conocimientos especulativos, y en su punto extremo se encuentra la metafísica.

Desde mi primera juventud me ocupé del conocimiento especulativo, pero luego me atrajeron tanto las ciencias matemáticas como las naturales, y hasta que no me planteé claramente mi pregunta, hasta que esta pregunta creció en mí, exigiendo una resolución urgente, hasta entonces me contenté con esas falsas respuestas a la pregunta que da el conocimiento.

Es decir, en el ámbito de la experiencia, me dije: "Todo se desarrolla, se diferencia, va hacia la complejidad y la perfección, y hay leyes que rigen este curso. Tú formas parte del todo. Conociendo, en la medida de lo posible, el todo y conociendo la ley del desarrollo, conocerás tu lugar en este todo y a ti mismo. Por mucho que me avergüence admitirlo, hubo un tiempo en el que parecía estar satisfecho con esto. Fue aquella época en la que me complicaba y evolucionaba. Mis músculos crecían y se fortalecían, mi memoria se enriquecía, mi capacidad de pensar y comprender aumentaba, crecía y me desarrollaba, y al sentir este crecimiento en mí mismo, era natural que pensara que ésta era la ley del mundo, en la que encontraría la solución a las cuestiones de mi vida. Pero llegó un momento en que el crecimiento en mí se detuvo -sentí que no me desarrollaba, sino que me marchitaba, que mis músculos se debilitaban, que se me caían los dientes- y vi que esta ley no sólo no me explicaba nada, sino que nunca había existido ni podía existir tal ley, sino que yo había tomado como ley lo que había encontrado en mí mismo en una determinada etapa de la vida. Adopté una actitud más estricta ante la definición de esta ley; y me quedó claro que no puede haber leyes de desarrollo infinito; me quedó claro que decir que en el espacio y el tiempo infinitos todo se desarrolla, se perfecciona, se hace más complejo, se diferencia, es no decir nada. Todo eso son palabras sin sentido, pues en el infinito no hay ni complejo ni simple, ni transferencia ni conjunto, ni mejor ni peor.

Lo principal es que mi pregunta personal: ¿qué soy yo con mis deseos? - quedó completamente sin respuesta. Y me di cuenta de que estos conocimientos son muy interesantes, muy atractivos, pero que su exactitud y claridad son inversamente proporcionales a su aplicabilidad a las cuestiones de la vida: cuanto menos son aplicables a las cuestiones de la vida, más exactos y claros son, cuanto más intentan dar soluciones a las cuestiones de la vida, más se vuelven confusos y poco atractivos. Si te diriges a la rama de este conocimiento que trata de dar soluciones a las cuestiones de la vida -a la fisiología, la psicología, la biología, la sociología-, encontrarás una sorprendente pobreza de pensamiento, la mayor oscuridad, pretensiones injustificadas a la solución de cuestiones inapropiadas e incesantes contradicciones de un pensador con otros e incluso consigo mismo. Si te diriges a la rama del saber que no se dedica a resolver las cuestiones de la vida, sino a responder a sus propias preguntas científicas, especiales, admiras el poder de la mente humana, pero sabes de antemano que no hay respuestas a las cuestiones de la vida. Estos conocimientos ignoran directamente la cuestión de la vida. Dicen: "No tenemos respuestas a lo que sois y por qué vivís, y no nos dedicamos a esto; pero si necesitáis conocer las leyes de la luz, los compuestos químicos, las leyes del desarrollo de los organismos, si necesitáis conocer las leyes de los cuerpos, sus formas y la relación de números y magnitudes, si necesitáis conocer las leyes de vuestra mente, entonces tenemos respuestas claras, precisas e indudables a todo esto".

En general, la actitud de las ciencias experimentadas ante la cuestión de la vida puede expresarse del siguiente modo: Pregunta: ¿Por qué vivo? - Respuesta: En un espacio infinitamente grande, en un tiempo infinitamente largo, partículas infinitamente pequeñas se modifican en una complejidad infinita, y cuando comprendas las leyes de estas modificaciones, entonces comprenderás por qué vives.

Es decir, en el terreno de lo especulativo, solía decirme: "Toda la humanidad vive y se desarrolla sobre la base de principios espirituales, ideales que la guían. Estos ideales se expresan en las religiones, en las ciencias, en las artes, en las formas de Estado. Estos ideales son cada vez más elevados, y la humanidad avanza hacia el bien más elevado. Yo soy parte de la humanidad y, por tanto, mi vocación es contribuir a la conciencia y la realización de los ideales de la humanidad". Y yo estaba satisfecho con esto durante mi demencia; pero en cuanto la cuestión de la vida surgió claramente en mí, toda esta teoría se derrumbó al instante. Por no hablar de la inexactitud sin escrúpulos con que los conocimientos de este tipo hacen pasar por conclusiones generales las conclusiones extraídas del estudio de una pequeña parte de la humanidad, por no hablar de la incoherencia mutua de los diferentes defensores de este punto de vista sobre en qué consisten los ideales de la humanidad, la extrañeza, por no decir estupidez, de este punto de vista consiste en que para responder a la pregunta que todo hombre tiene que hacerse: "¿qué soy?", o: "¿por qué vivo?", o: "¿qué debo hacer?"-el hombre debe resolver primero la pregunta: "qué es la vida de toda la humanidad desconocida, de la que él conoce una ínfima parte en un ínfimo período de tiempo". Para comprender lo que él es, el hombre debe comprender primero lo que es toda esa humanidad misteriosa, formada por personas como él, que no se comprenden a sí mismas.

Debo confesar que hubo un tiempo en que creí esto. Fue un tiempo en que tenía mis propios ideales favoritos para justificar mis caprichos, y traté de idear una teoría por la cual pudiera considerar mis caprichos como la ley de la humanidad. Pero tan pronto como la cuestión de la vida surgió en mi alma con toda claridad, esta respuesta se disipó inmediatamente en el polvo. Y me di cuenta de que, al igual que en las ciencias de la experiencia hay verdaderas ciencias y semi-ciencias, que intentan dar respuestas a preguntas que no están sujetas a ellas, en este campo me di cuenta de que hay toda una gama de los conocimientos más comunes, que intentan responder a preguntas que no están sujetas a ellos. Las semi-ciencias de este campo -las ciencias jurídicas, sociales e históricas- tratan de resolver las cuestiones del hombre por el hecho de que, imaginariamente, cada una a su manera, resuelven la cuestión de la vida de toda la humanidad.

Pero al igual que en el campo del conocimiento experimental una persona que pregunte sinceramente, cómo vivo, no puede darse por satisfecha con la respuesta: estudia en el espacio infinito los cambios infinitos en el tiempo y la complejidad de las partículas infinitas, y entonces comprenderás tu vida, de la misma manera una persona sincera no puede darse por satisfecha con la respuesta: estudia la vida de toda la humanidad, de la que ni el principio ni el fin podemos conocer y una pequeña parte desconocemos, y entonces comprenderás tu vida. Y lo mismo que en las semi-ciencias de las ciencias experimentales, y estas semi-ciencias están tanto más llenas de oscuridades, imprecisiones, tonterías y contradicciones, cuanto más se desvían de sus tareas. La tarea de la ciencia experimental es la secuencia causal de los fenómenos materiales. Si la ciencia experimental introduce la cuestión sobre la causa final, se convierte en un sinsentido. La tarea de la ciencia especulativa es comprender la esencia sin causa de la vida. Si introducimos el estudio de los fenómenos causales como fenómenos sociales e históricos, obtenemos un sinsentido.

Así pues, la ciencia experimental sólo aporta conocimientos positivos y muestra la grandeza de la mente humana, cuando no introduce la causa final en sus investigaciones. Por el contrario, la ciencia especulativa sólo es ciencia y muestra la grandeza de la mente humana cuando elimina por completo las preguntas sobre la secuencia de los fenómenos causales y considera al hombre sólo en relación con la causa final. Tal es la ciencia que constituye el polo de este hemisferio, la metafísica o filosofía especulativa. Esta ciencia plantea claramente la pregunta: ¿Qué es el yo y el mundo entero? y ¿por qué el yo y el mundo entero? Y desde que existe, siempre ha respondido de la misma manera. Sea por las ideas, sea por la sustancia, sea por el espíritu, sea por la voluntad, sea por lo que el filósofo llama la esencia de la vida, que está en mí y en todo lo que existe, el filósofo dice una cosa, que esta esencia es, y que yo soy la misma esencia; pero por qué es, no lo sabe, ni lo contesta, si es un pensador exacto. Pregunto: ¿Por qué ha de ser esta esencia? ¿Qué resultará del hecho de que es y será...? Y la filosofía no sólo no responde, sino que ella misma sólo pregunta esto. Y si es verdadera filosofía, entonces todo su trabajo consiste en plantear claramente esta pregunta. Y si se atiene firmemente a su tarea, no puede responder de otro modo a la pregunta: "¿Qué soy yo y el mundo entero?". - "Todo y nada"; y a la pregunta: "¿Por qué existe el mundo y por qué existo yo?". - "no lo sé".

Así pues, por más vueltas que dé a esas respuestas especulativas de la filosofía, no obtendré en modo alguno nada que se parezca a una respuesta, -y no porque, como en el campo de lo claro, de lo experimentado, la respuesta no se refiera a mi pregunta, sino porque aquí, aunque todo el trabajo mental se dirige precisamente a mi pregunta, no hay respuesta, y en lugar de una respuesta obtengo la misma pregunta, sólo que en forma complicada.

VI

En mi búsqueda de respuestas a la cuestión de la vida, experimenté exactamente la misma sensación que un hombre perdido en el bosque.

Salí al claro, me subí a un árbol y vi claramente los espacios ilimitados, pero vi que el hogar no estaba ni podía estar allí; me adentré en la espesura, en la oscuridad, y vi la oscuridad, y también ningún y ningún hogar.

Así vagaba yo en este bosque del saber humano entre la lucidez del saber matemático y experiencial, que me abría horizontes claros, pero horizontes tales, en cuya dirección no podía haber hogar, y entre la oscuridad del saber especulativo, en el que me sumía en mayores tinieblas, cuanto más me alejaba, y finalmente me convencí de que no había salida ni podía haberla.

Entregándome al lado luminoso del conocimiento, me di cuenta de que no hacía más que apartar la mirada de la pregunta. Por muy tentadores y claros que fueran los horizontes que se abrían ante mí, por muy tentador que fuera sumergirme en la infinitud de ese conocimiento, me di cuenta de que él, ese conocimiento, cuanto más claro era, menos lo necesitaba, menos respondía a la pregunta.

Bien, sé -me dije- todo lo que la ciencia quiere saber con tanta insistencia, pero no hay respuesta a la pregunta sobre el sentido de mi vida en este camino. En el ámbito especulativo, sin embargo, me di cuenta de que, a pesar de que el objetivo del conocimiento se dirigía directamente a responder a mi pregunta, o precisamente porque así era, no había más respuesta que la que yo mismo me había dado: ¿Cuál es el sentido de mi vida? - Ninguna. - O bien: ¿Qué saldrá de mi vida? - Nada. - O: ¿Por qué existe todo lo que existe y por qué existo yo? - Por lo que existe.

Preguntando a una parte del conocimiento humano, recibí innumerables respuestas precisas sobre cosas que yo no había preguntado: la composición química de las estrellas, el movimiento del sol hacia la constelación de Hércules, el origen de las especies y del hombre, las formas de átomos infinitesimalmente pequeños, la oscilación de partículas de éter ingrávidas infinitesimalmente pequeñas; pero la respuesta en este campo del conocimiento a mi pregunta: ¿cuál es el sentido de mi vida? - fue una: tú eres lo que llamas tu vida, eres una aglomeración temporal y aleatoria de partículas. El impacto mutuo, el cambio de estas partículas produce en ti lo que llamas tu vida. Esta cohesión durará un tiempo; luego cesará la interacción de estas partículas, y cesará lo que llamas vida, y cesarán todas tus preguntas. Eres un trozo de algo moldeado al azar. El bulto se está pudriendo. El bulto llama a esta putrefacción su vida. El bulto se romperá y todas las preguntas terminarán. Así es como el lado claro del conocimiento responde y no puede decir nada más, si sólo sigue estrictamente sus fundamentos.

Con tal respuesta resulta que la respuesta no responde a la pregunta. Necesito saber el sentido de mi vida, y el hecho de que sea una partícula del infinito no sólo no le da sentido, sino que destruye cualquier sentido posible.

Las mismas transacciones vagas que este lado del conocimiento experiencial y exacto hace con la especulación, en las que se dice que el sentido de la vida consiste en el desarrollo y la promoción de este desarrollo, por su imprecisión y vaguedad no pueden considerarse respuestas.

El otro lado del conocimiento, el especulativo, cuando se atiene estrictamente a sus fundamentos, respondiendo directamente a la pregunta, en todas partes y en todas las épocas responde y respondió lo mismo: el mundo es algo infinito e incomprensible. La vida humana es una parte incomprensible de este "todo" incomprensible. De nuevo excluyo todas esas transacciones entre conocimiento especulativo y experiencial que constituyen todo el lastre de las semi-ciencias, las llamadas jurídicas, políticas, históricas. En estas ciencias de nuevo los conceptos de desarrollo y perfección se introducen de la misma manera incorrecta, con la única diferencia de que allí es el desarrollo de todo, y aquí es el desarrollo de la vida de las personas. La incorrección es la misma: el desarrollo, la perfección en el infinito no puede tener ni finalidad ni dirección y en relación a mi pregunta no responde a nada.

Donde el conocimiento especulativo es exacto, es en la verdadera filosofía, no en lo que Schopenhauer llamó filosofía profesoral, que sólo sirve para categorizar todos los fenómenos existentes en nuevos gráficos filosóficos y llamarlos con nuevos nombres,-donde el filósofo no pasa por alto la pregunta esencial, la respuesta, siempre la misma,-la respuesta dada por Sócrates, Schopenhauer, Salomón, Buda.

"Sólo nos acercaremos a la verdad en la medida en que nos alejemos de la vida", dice Sócrates mientras se prepara para morir. - ¿Qué buscamos en la vida los que amamos la verdad? - Ser libres del cuerpo y de todos los males que se derivan de la vida del cuerpo. Si es así, ¿cómo no vamos a alegrarnos cuando nos llegue la muerte?".

"El sabio busca la muerte toda su vida, y por eso la muerte no es terrible para él".

"Habiendo reconocido la esencia interna del mundo como voluntad", dice Schopenhauer, "y en todos los fenómenos, desde el esfuerzo inconsciente de las fuerzas oscuras de la naturaleza hasta la actividad plenamente consciente del hombre, habiendo reconocido sólo la materia de esta voluntad, no evitaremos de ningún modo la consecuencia de que junto con la libre negación, la autodestrucción de la voluntad, desaparecerán también todos esos fenómenos , ese constante esfuerzo y atracción sin finalidad y sin reposo en todos los estadios de la subjetividad, en los que y a través de los cuales consiste el mundo, desaparecerá la variedad de formas sucesivas, desaparecerán todos sus fenómenos con sus formas comunes, el espacio y el tiempo junto con la forma, y finalmente la última forma básica - sujeto y objeto. No hay voluntad, no hay representación, no hay mundo. Ante nosotros, por supuesto, sólo queda la nada. Pero lo que se resiste a esta transición hacia la nada, nuestra naturaleza, no es más que esta misma voluntad de existencia (Wille zum Leben), que nos constituye tanto a nosotros mismos como a nuestro mundo. Que tengamos tanto miedo a la nada o, lo que es lo mismo, tantas ganas de vivir, sólo significa que nosotros mismos no somos otra cosa que esta voluntad de vivir, y no conocemos otra cosa que ella. Por tanto, lo que queda después de la perfecta aniquilación de la voluntad para nosotros, que todavía estamos llenos de voluntad, es ciertamente nada; pero, por el contrario, para aquellos en quienes la voluntad se ha vuelto y ha renunciado a sí misma, para ellos este nuestro mundo tan real, con todos sus soles y vías lácteas, no es nada."

"Vanidad de vanidades", dice Salomón, "vanidad de vanidades, ¡todo es vanidad! ¿Qué provecho saca el hombre de todos sus trabajos con que se afana bajo el sol? La generación pasa y la generación viene, pero la tierra permanece para siempre. Lo que ha sido, eso será; y lo que se ha hecho, eso se hará; y no hay nada nuevo bajo el sol. Hay algo de lo que se dice: "Mirad, esto es nuevo"; pero ya existía en las edades que nos precedieron. No hay memoria de las cosas pasadas, ni la habrá de las que vendrán después. Yo, Eclesiastés, fui rey de Israel en Jerusalén. Y entregué mi corazón a examinar y probar con sabiduría todo lo que se hace debajo del cielo; ésta es una ardua obra que Dios dio a los hijos de los hombres, para que se ejerciten en ella. He visto todas las obras que se hacen debajo del sol, y he aquí que todo es vanidad y aflicción de espíritu..... Y dije así en mi corazón: He aquí yo soy exaltado, he adquirido sabiduría más que todos los que fueron antes de mí sobre Jerusalén, y mi corazón ha visto mucha sabiduría y ciencia. Y di mi corazón a conocer la sabiduría, y a conocer la necedad y la insensatez; aprendí que también esto es languidez del espíritu. Porque en la mucha sabiduría hay mucho dolor; y el que multiplica la ciencia, multiplica el dolor.

"Dije en mi corazón: Déjame probarte con alegría, y gozar de cosas buenas; pero también esto es vanidad. De la risa dije: Insensatez; y de la alegría: ¿Para qué sirve? He pensado en mi corazón gozar del vino en mi cuerpo, y, mientras mi corazón se guiaba por la sabiduría, aferrarme a la necedad, hasta ver lo que es bueno para los hijos de los hombres, lo que deben hacer bajo el cielo en los pocos días de su vida. He emprendido grandes cosas: Me he construido casas, me he plantado viñas. Me hice jardines y arboledas, y planté en ellos toda clase de árboles fructíferos; hice embalses para regar de ellos las arboledas que producen árboles; adquirí siervos y siervas, y tuve hogares; tuve también más ganado y bestias que todos los que hubo antes de mí en Jerusalén; reuní para mí plata, oro y joyas de reyes y regiones; tuve cantores y cantoras, y diversos instrumentos de música para disfrute de los hijos de los hombres. Y llegué a ser más grande y más rico que todos los que había antes de mí en Jerusalén; y mi sabiduría habitó en mí. Todo lo que deseaban mis ojos, no se lo negaba, ni prohibía a mi corazón placer alguno. Y miré hacia atrás a todas mis obras que mis manos habían hecho, y al trabajo con que me había afanado en hacerlas, y he aquí que todo era vanidad y aflicción de espíritu, y no había en ellas provecho debajo del sol. Y miré hacia atrás para contemplar la sabiduría, y la necedad, y la insensatez. Pero supe que un mismo destino les sobrevino a todos. Y dije en mi corazón: "Yo también correré la misma suerte que los necios", y ¿por qué me he vuelto muy sabio? Y dije, dije en mi corazón, que incluso esto es vanidad. Porque ni el sabio será recordado para siempre, ni el necio; en los días venideros todos serán olvidados, y, ¡ay, el sabio morirá a la par del necio! Y aborrecí la vida, porque me repugnaban las obras que se hacen bajo el sol, pues todo es vanidad y languidez del espíritu. Y aborrecí todo mi trabajo, con el que me afanaba bajo el sol, porque debo dejárselo al hombre que vendrá después de mí. Porque ¿qué tendrá el hombre de todo su trabajo y del cuidado de su corazón, con que se afana bajo el sol? Porque todos sus días son de tribulación, y sus trabajos de ansiedad; aun de noche su corazón no conoce descanso. Y esto es vanidad. Ni está en el poder del hombre comer y beber y deleitar su alma con su trabajo....

"Para todo y para todos es uno: un solo destino para el justo y para el malvado, para el bueno y para el malo, para el limpio y para el impuro, para el que sacrifica y para el que no sacrifica; para el que es virtuoso y para el que peca; para el que jura y para el que teme su juramento. Esto es lo malo de todo lo que se hace bajo el sol, que un mismo destino es para todos, y el corazón de los hijos de los hombres se llena de maldad, y la locura está en su corazón, en su vida; y después se van a los muertos. El que está entre los vivos aún tiene esperanza, como es mejor para un perro vivo que para un león muerto. Los vivos saben que van a morir, pero los muertos no saben nada, y ya no hay recompensa para ellos, pues incluso su memoria está consignada al olvido; su amor y su odio y sus celos han desaparecido, y ya no hay honor para ellos para siempre en nada que se haga bajo el sol."

Así lo dice Salomón o quienquiera que escribiera estas palabras.

Y esto es lo que dice la sabiduría india:

Sakia-Muni, un joven príncipe feliz, a quien se le había ocultado la enfermedad, la vejez y la muerte, sale de paseo y ve a un anciano terrible, desdentado y babeante. El zarevich, a quien hasta entonces se le había ocultado la vejez, se sorprende y pregunta al conductor qué es y por qué este hombre ha caído en un estado tan miserable, repugnante y feo. Y cuando se entera de que ése es el destino común de todos los hombres, de que él, el joven zarevich, correrá inevitablemente la misma suerte, no puede seguir paseando y le ordena que vuelva para reflexionar. Así que se encierra a solas y reflexiona. Y probablemente piensa en algún consuelo para sí mismo, porque de nuevo sale a pasear alegre y contento. Pero esta vez se encuentra con un enfermo. Ve a un hombre agotado, de ojos azules, tembloroso, con los ojos nublados. El zarevich, a quien se le ocultaba la enfermedad, se detiene y pregunta qué es. Y cuando se entera de que es una enfermedad a la que están sujetos todos los hombres, y que él mismo, un zarevich sano y feliz, mañana puede caer enfermo de la misma manera, vuelve a no tener ánimo para alegrarse, le ordena que regrese y de nuevo busca consuelo y probablemente lo encuentra, porque por tercera vez sale a pasear; pero la tercera vez ve todavía una visión nueva; ve que llevan algo. - "¿Qué es?" Un muerto. - "¿Cómo que muerto?" - pregunta el tsarevitch. Le dicen que estar muerto significa convertirse en lo que ese hombre se ha convertido. - El tsarevitch se acerca al muerto, lo abre y lo mira. - "¿Qué será de él después?", pregunta el tsarevitch. Le dicen que será enterrado en la tierra. - "¿Por qué?" - Porque probablemente no volverá a estar vivo, sólo saldrán de él hedor y gusanos. - "¿Es esa la suerte de todos los hombres? ¿Será lo mismo conmigo? ¿Seré enterrado, apestaré y me comerán los gusanos?" - Sí. "¡Atrás! No voy a dar un paseo, y nunca volveré a ir".

Y Sakia-Muni no pudo encontrar consuelo en la vida, y decidió que la vida era el mayor de los males, y utilizó toda la fuerza de su alma para liberarse de ella y liberar a los demás. Y para liberarse de tal manera que incluso después de la muerte la vida no se reanudara de algún modo, para destruir la vida por completo, fundamentalmente. Esto es lo que dice toda la sabiduría india.

Éstas son, pues, las respuestas directas que da la sabiduría humana cuando responde a la pregunta sobre la vida.

"La vida del cuerpo es mala y falsa. Y por lo tanto la destrucción de esta vida del cuerpo es buena, y debemos desearla", dice Sócrates.

"La vida es lo que no debe ser es el mal, y el tránsito a la nada es el único bien de la vida", dice Schopenhauer.

"Todo en el mundo -tontería y sabiduría, riqueza y pobreza, alegría y tristeza- es todo vanidad y bagatelas. El hombre muere y no queda nada. Y eso es necedad", dice Salomón.

"No se puede vivir con la conciencia de la inevitabilidad del sufrimiento, el debilitamiento, la vejez y la muerte: hay que liberarse de la vida, de toda posibilidad de vida", dice Buda. Y lo que estas mentes poderosas dijeron, millones de millones de personas como ellas lo dijeron, pensaron y sintieron. Y pensado y sentido por mí también.

Así que mi vagabundeo por el conocimiento no sólo no me sacó de mi desesperación, sino que la intensificó. Un conocimiento no respondía a las preguntas de la vida, pero el otro conocimiento respondía, confirmando directamente mi desesperación e indicando que a lo que llegué no es fruto de mi delirio, de un estado mórbido de la mente - al contrario, me confirmó que pensaba correctamente y convergía con las conclusiones de las mentes más fuertes de la humanidad.

No hay nada por lo que engañarse. Todo es vanidad. Dichoso el que no nace, la muerte es mejor que la vida; hay que librarse de ella.

VII

Al no encontrar aclaración en el conocimiento, empecé a buscarla en la vida, esperando encontrarla en la gente que me rodeaba, y empecé a observar a la gente, gente como yo, cómo vivían a mi alrededor y cómo trataban esta cuestión que me llevaba a la desesperación.

Y esto es lo que he encontrado con personas que están en la misma posición que yo en términos de educación y estilo de vida.

He descubierto que para las personas de mi círculo hay cuatro salidas a la terrible situación en la que nos encontramos.

La primera salida es la de la ignorancia. Consiste en no saber, en no darse cuenta de que la vida es mala y no tiene sentido. Las personas de esta categoría -en su mayoría mujeres, o muy jóvenes, o muy estúpidas- no han comprendido aún la cuestión de la vida, que se le presentó a Schopenhauer, a Salomón, a Buda. No ven al dragón que les espera, ni a los ratones que socavan los arbustos a los que se aferran y lamen las gotas de miel. Pero lamen estas gotas de miel sólo hasta que llega el momento: algo llamará su atención sobre el dragón y los ratones, y ese será el fin de sus lamidas. No tengo nada que aprender de ellos, no puedes dejar de saber lo que sabes.

La segunda salida es la del epicureísmo. Consiste en conocer la desesperanza de la vida, utilizar por el momento los beneficios de que se dispone, no mirar ni al dragón ni a los ratones, sino lamer miel de la mejor manera, sobre todo si hay mucha en el arbusto. Salomón expresa así esta conclusión:

"Y alabé la alegría, porque no hay nada mejor para un hombre bajo el sol que comer, beber y estar alegre: le acompaña en sus trabajos en los días de su vida, que Dios le ha dado bajo el sol.

"Anda, pues, come tu pan con alegría, y bebe tu vino con gozo de corazón..... Goza de la vida con la mujer que amas, todos los días de tu vanidad, todos los días de tu vanidad, porque ésta es tu parte en la vida y en tus trabajos, que realizas bajo el sol.... Todo lo que tu mano pueda hacer según tus fuerzas, hazlo, porque en el sepulcro, adonde vas, no hay trabajo, ni reflexión, ni ciencia, ni sabiduría."

Esta segunda conclusión es la que sostiene la mayoría de la gente de nuestro círculo. Las condiciones en que se encuentran hacen que tengan más bienes que males, y la estupidez moral les permite olvidar que los beneficios de su posición son accidentales, que es imposible que todos tengan 1000 mujeres y palacios como Salomón, que por cada hombre con 1000 esposas hay 1000 hombres sin esposas, y por cada palacio hay 1000 hombres sudando para construirlo, y que el accidente que ahora me ha convertido en Salomón puede convertirme mañana en esclavo de Salomón. La torpeza de la imaginación de estas personas, sin embargo, les permite olvidar aquello que no dio descanso a Buda: la inevitabilidad de la enfermedad, la vejez y la muerte, que no destruirán ahora-mañana todos estos placeres. El hecho de que algunas de estas personas afirmen que la torpeza de su pensamiento e imaginación es la filosofía que llaman positiva no las distingue, en mi opinión, de la categoría de los que lamen miel sin ver el asunto. Y a estos hombres yo no podría imitarlos: no teniendo su estupidez de imaginación, no podría producirla artificialmente en mí. No podía, como no puede ningún hombre vivo, apartar los ojos de los ratones y del dragón cuando los ve.

La tercera salida es la del poder y la energía. Consiste en darse cuenta de que la vida es un mal y un sinsentido y destruirla. Esto es lo que hacen las raras personas fuertes y consecuentes. Habiéndose dado cuenta de la estupidez de la broma que se les gasta, y habiendo comprendido que los bienes de los muertos son mayores que los bienes de los vivos y que es mejor no serlo, lo hacen y acaban de una vez con esta broma estúpida, para el bien hay medios: una soga al cuello, agua, un cuchillo para atravesarles el corazón, trenes en las vías férreas. Y cada vez hay más gente de nuestro círculo que hace esto. Y lo hacen la mayoría de las veces en el mejor período de la vida, cuando las facultades del alma están en su apogeo y aún no se han aprendido los hábitos que humillan la mente humana. Vi que ésta es la salida más digna, y quise hacerlo.

La cuarta salida es la salida de la debilidad. Consiste en, dándose cuenta de la maldad y el sinsentido de la vida, seguir tirando de ella, sabiendo de antemano que nada puede salir de ella. Las personas de esta variedad saben que la muerte es mejor que la vida, pero, no tener la fuerza para actuar razonablemente - tan pronto como sea posible para poner fin al engaño y suicidarse, algo así como esperar. Esta es la manera de salir de la debilidad, porque si sé lo mejor y está en mi poder, ¿por qué no entregarme a la mejor ...? Yo estaba en esta categoría.

Así los hombres de mi discernimiento se salvan de una terrible contradicción de cuatro maneras. Por más que esforcé mi atención mental, aparte de estas cuatro salidas, no vi ninguna otra. Una salida: no darme cuenta de que la vida es un sinsentido, vanidad y maldad y que es mejor no vivir. No podía no saberlo y, una vez sabido, no podía cerrar los ojos ante ello. Otra salida es aprovechar la vida tal como es, sin pensar en el futuro. Y eso no podía hacerlo. Yo, como Sakia-Muni, no podía ir de caza cuando sabía que había vejez, sufrimiento, muerte. Mi imaginación era demasiado vívida. Además, no podía alegrarme de un accidente momentáneo que arrojara un instante de placer sobre mi suerte. La tercera salida: habiéndome dado cuenta de que la vida es mala y estúpida, detenerme, suicidarme. Me di cuenta de esto, pero aún así no me suicidé. La cuarta salida: vivir en la posición de Salomón, Schopenhauer, saber que la vida es una broma estúpida que me han gastado, y seguir viviendo, lavándome, vistiéndome, cenando, hablando e incluso escribiendo libros. Era repugnante, agonizante para mí, pero permanecí en esa posición.

Ahora veo que si no me suicidé, la razón fue una vaga conciencia de la injusticia de mis pensamientos. Por convincente e incuestionable que me pareciera el curso de mi pensamiento y el de los sabios, que nos conducía al reconocimiento del sinsentido de la vida, en mí permanecía una vaga duda sobre la verdad del punto de partida de mi razonamiento.

Era esto: Yo, mi razón, he reconocido que la vida no es razonable. Si no hay una razón superior (y no la hay, y nada puede probarlo), entonces la razón es la creadora de la vida para mí. Si no hubiera razón, no habría vida para mí. Entonces, ¿cómo esta mente niega la vida, y es ella misma la creadora de la vida? O, por otro lado: si no hubiera vida, no habría mente para mí -de ello se deduce que la mente es el hijo de la vida. La vida lo es todo. La mente es el fruto de la vida, y esta mente niega la vida misma. Sentí que algo iba mal.

La vida es un mal sin sentido, eso seguro, - me dije. - Pero yo viví, aún vivo, y toda la humanidad vivió y vive. ¿Por qué? ¿Por qué vive cuando no puede vivir? Bueno, ¿estoy solo con Schopenhauer tan inteligente que me di cuenta de la falta de sentido y el mal de la vida?

El razonamiento sobre la vanidad de la vida no es tan astuto, y ha sido hecho hace mucho tiempo y por todas las personas más sencillas, y han vivido y viven. Pues bien, ¿viven todos ellos y nunca se les ocurre dudar de lo razonable de la vida?

Mi conocimiento, confirmado por la sabiduría de los sabios, me ha revelado que todo en el mundo - orgánico e inorgánico - todo está inusualmente inteligentemente dispuesto, sólo mi única posición es estúpida. Y estos estúpidos -las grandes masas de gente corriente- no saben nada de cómo está dispuesto todo lo orgánico e inorgánico en el mundo, ¡pero viven, y les parece que su vida está dispuesta de forma muy inteligente!

Y se me ocurrió: ¿por qué no sé otra cosa? Eso es exactamente lo que hace la ignorancia. La ignorancia siempre dice eso. Cuando no sabe algo, dice que lo que no sabe es estúpido. De hecho, resulta que hay toda una humanidad, que vivía y vive como si comprendiera el sentido de su vida, pues sin comprenderlo no podría vivir, y yo digo que toda esta vida es una tontería, y no puedo vivir.

Nadie nos impide a Schopenhauer y a mí negar la vida. Pero entonces suicídate y no razonarás. Si no te gusta la vida, mátate. Y si vives, no puedes entender el sentido de la vida, entonces déjalo, y no des vueltas en esta vida, diciendo y describiendo que no entiendes la vida. Has venido a una empresa alegre, todo el mundo está muy bien, todo el mundo sabe lo que hace, y tú estás aburrido y asqueado, así que vete.

En efecto, ¿qué somos nosotros, que estamos convencidos de la necesidad del suicidio y no nos atrevemos a cometerlo, sino los más débiles, inconsecuentes y, por decirlo llanamente, estúpidos, que cargamos con nuestra estupidez, como un tonto con un trozo de papel?

Al fin y al cabo, nuestra sabiduría, por indudable que sea, no nos ha dado el conocimiento del sentido de nuestra vida. Sin embargo, todos los hombres que hacen la vida, millones de ellos, no tienen ninguna duda sobre el sentido de la vida.

En efecto, desde hace mucho, mucho tiempo, desde que existe la vida, de la que yo sé algo, los hombres han vivido, conociendo ese razonamiento sobre la futilidad de la vida que me mostró su falta de sentido, y sin embargo han vivido, dándole algún sentido. Desde que comenzó cualquier vida de los hombres, ya tenían este sentido de la vida, y llevaron esta vida, que ha llegado hasta mí. Todo lo que hay en mí y sobre mí es fruto de su conocimiento de la vida. Los mismos instrumentos de pensamiento con los que discuto esta vida y la condeno, todo esto no lo he hecho yo, sino ellos. Yo mismo nací, crecí y fui educado por ellos. Ellos cavaron hierro, me enseñaron a cortar madera, domaron vacas, caballos, me enseñaron a sembrar, me enseñaron a convivir, organizaron nuestra vida; me enseñaron a pensar, a hablar. Y yo, su obra, alimentado por ellos, sudado por ellos, enseñado por ellos, pensando con sus pensamientos y palabras, ¡les demostré que eran tonterías! "Aquí hay algo que no funciona -me dije-. - En algún lugar he cometido un error". Pero cuál era el error, no podía encontrarlo de ninguna manera.

VIII

Todas estas dudas, que ahora soy capaz de expresar de forma más o menos coherente, no hubiera podido expresarlas entonces. En aquella época sólo sentía que, por lógicamente inevitables que fueran mis conclusiones sobre la futilidad de la vida, confirmadas por los más grandes pensadores, había algo erróneo en ellas. Si estaba en el razonamiento mismo, en el planteamiento de la cuestión, no lo sabía; sólo sentía que la contundencia de la razón era perfecta, pero que no era suficiente. Todos estos argumentos no podían persuadirme para que hiciera lo que se desprendía de mi razonamiento, es decir, que me suicidara. Y faltaría a la verdad si dijera que había llegado por la razón a lo que había llegado y no me había matado. La mente funcionaba, pero también funcionaba otra cosa, que no puedo llamar otra cosa que la conciencia de la vida. Había una fuerza en acción que me hacía prestar atención a esto y no a aquello, y esa fuerza me sacó de mi desesperación y dirigió mi mente de una manera completamente diferente. Esa fuerza me hizo prestar atención al hecho de que yo, con cientos de personas como yo, no soy toda la humanidad, que aún no conozco la vida de la humanidad.

Mirando alrededor del círculo cercano de personas de mis compañeros, sólo veía gente que no entendía la pregunta, que la entendía y la ahogaba con la embriaguez de la vida, que la entendía y dejaba de vivir, y que la entendía y en su debilidad vivía una vida desesperada. Y no vi a otros. Me parecía que ese círculo cerrado de científicos, gente rica y ociosa, al que yo pertenecía, es la humanidad entera, y que esos miles de millones de vivos y vivas, es -así, algo de ganado- no gente.

Por extraño, por incomprensible que me parezca ahora, cómo pude yo, razonando sobre la vida, ver la vida de la humanidad que me rodeaba por todas partes, cómo pude ser tan ridículamente iluso como para pensar que la vida mía, la de Salomón y la de Schopenhauer es una vida real, normal, y la vida de miles de millones es una circunstancia que no merece atención, por extraño que me resulte ahora, veo que fue así. En el delirio del orgullo de mi mente, me parecía tan cierto que Salomón y Schopenhauer y yo habíamos planteado la cuestión tan acertada y verdaderamente que no podía haber otra cosa, me parecía tan cierto que todos esos miles de millones pertenecían a quienes aún no habían llegado a la profundidad de la cuestión, que busqué el sentido de mi vida y ni una sola vez pensé: "¿Qué sentido dan y han dado a su vida todos los miles de millones que viven y viven en el mundo?".

Durante mucho tiempo viví en esta locura, que es especialmente característica, no en las palabras, sino en los hechos, de nosotros, las personas más liberales y científicas. Pero ya sea debido a mi extraño amor físico por los verdaderos trabajadores, que me ha hecho comprenderlos y ver que no son tan estúpidos como pensamos, o a la sinceridad de mi convicción de que lo mejor que puedo hacer es ahorcarme, intuí que si quería vivir y comprender el sentido de la vida, debía buscar ese sentido de la vida no en los que han perdido el sentido de la vida y quieren suicidarse, sino en esos miles de millones de personas caducas y vivas que hacen la vida y llevan la suya y la nuestra. Y miré a mi alrededor, a las enormes masas de gente corriente, anticuada y viva, no científica y no rica, y vi algo completamente diferente. Vi que todos estos miles de millones de vivos y vivas, todos ellos, con pocas excepciones, no encajan en mi división, que no puedo reconocerlos por no entender la pregunta, porque ellos mismos la plantean y la responden con extraordinaria claridad. Tampoco puedo reconocerlos como epicúreos, porque su vida consiste más en penurias y sufrimientos que en placeres; menos aún puedo reconocerlos como sin razón viviendo una vida sin sentido, porque cada acto de su vida y de la muerte misma es explicado por ellos. Matarse, sin embargo, lo consideran el mayor de los males. Resultó que toda la humanidad tenía algún conocimiento del sentido de la vida, que yo no reconocía y despreciaba. Resultó que el conocimiento razonable no da el sentido de la vida, excluye la vida; el sentido dado a la vida por miles de millones de personas, por toda la humanidad, se basa en algún conocimiento despreciable, falso.

El conocimiento razonable en la persona de los científicos y los sabios niega el sentido de la vida, y la inmensa masa de la gente, la humanidad entera, reconoce este sentido en el conocimiento irrazonable. Y este conocimiento irrazonable es la fe, la misma fe que no pude evitar rechazar. Es dios 1 y 3, es la creación en 6 días, demonios y ángeles y todas las cosas que no puedo aceptar hasta perder la razón.

Mi situación era terrible. Sabía que no encontraría en el conocimiento racional más que la negación de la vida, y en la fe nada más que la negación de la razón, que es aún más imposible que la negación de la vida. Según el conocimiento razonable resultó que la vida es mala, y la gente lo sabe, depende de la gente no vivir, pero vivieron y viven, y yo mismo viví, aunque sabía desde hace mucho tiempo que la vida no tiene sentido y es mala. Según mi fe, para comprender el sentido de la vida, tuve que renunciar a la razón, precisamente aquello para lo que es necesario el sentido.

IX

Había una contradicción de la que sólo había dos salidas: o lo que yo llamaba razonable no era tan razonable como yo pensaba; o lo que me parecía irrazonable no era tan irrazonable como yo pensaba. Así que empecé a comprobar el curso del razonamiento de mi conocimiento razonable.

Comprobando el curso del razonamiento del conocimiento razonable, lo encontré perfectamente correcto. La conclusión de que la vida no es nada era inevitable; pero vi el error. El error consistía en que había estado pensando de un modo incoherente con la pregunta que me había planteado. La pregunta era la siguiente: ¿por qué debo vivir, es decir, qué saldrá de mi vida fantasmal y aniquiladora, cuál es el sentido de mi existencia finita en este mundo infinito? Y para responder a esta pregunta, estudié la vida.

Evidentemente, las soluciones a todas las preguntas posibles de la vida no podrían satisfacerme, porque mi pregunta, por sencilla que parezca en un principio, implica la exigencia de explicar lo finito por lo infinito y viceversa.

Pregunté: ¿cuál es el significado atemporal, extratemporal, extracausal y extraespacial de mi vida? - Y respondí a la pregunta: ¿cuál es el significado temporal, causal y espacial de mi vida? Lo que resultó fue que, tras una larga labor de reflexión, respondí: ninguno.

En mi razonamiento equiparaba constantemente, y no podía hacer otra cosa, lo finito a lo finito y lo infinito a lo infinito, y por eso me salía y me salía lo que me tenía que salir: la fuerza es la fuerza, la sustancia es la sustancia, la voluntad es la voluntad, el infinito es el infinito, la nada es la nada, y no podía salir otra cosa.

Sucedió algo parecido a lo que ocurre en matemáticas cuando, pensando en resolver una ecuación, se resuelve la misma ecuación. El proceso de pensamiento es correcto, pero el resultado es la respuesta: a = a, o x = x, o 0 = 0. Lo mismo ocurrió con mi razonamiento en relación con la cuestión del sentido de mi vida. Las respuestas dadas por toda la ciencia a esta pregunta son sólo demasiado pronto.

Y, en efecto, el conocimiento estrictamente racional, ese conocimiento que, como Descartes, parte de la duda completa de todo, desecha todo conocimiento admitido y lo construye todo de nuevo sobre las leyes de la razón y de la experiencia, -y no puede dar otra respuesta a la cuestión de la vida que la misma que yo he recibido-, la respuesta es incierta. Al principio sólo me parecía que el conocimiento daba una respuesta positiva, la respuesta de Schopenhauer: la vida no tiene sentido, es mala. Pero al desmenuzar el asunto, me di cuenta de que la respuesta no era positiva, que mi sentimiento sólo la había expresado así. La respuesta expresada estrictamente, como la expresan los brahmanes, Salomón y Schopenhauer, es sólo una respuesta indefinida, o lo que es lo mismo: 0 = 0, la vida, que se me aparece como nada, no es nada. Así pues, el conocimiento filosófico no niega nada, sino que sólo responde que esta cuestión no puede ser resuelta por él, que para él la solución permanece indeterminada.

Habiendo comprendido esto, me di cuenta de que era imposible buscar una respuesta a mi pregunta en el conocimiento racional, y que la respuesta dada por el conocimiento racional es sólo una indicación de que la respuesta sólo puede obtenerse cuando la pregunta se plantea de otra manera, sólo cuando la cuestión de la relación de lo finito con lo infinito se introduce en el razonamiento. También me di cuenta de que, por poco razonables y feas que sean las respuestas dadas por la fe, tienen la ventaja de introducir en toda respuesta la relación de lo finito con lo infinito, sin la cual no puede haber respuesta. No importa cómo formule la pregunta: ¿cómo viviré? la respuesta es: según la ley de Dios. ¿Qué saldrá realmente de mi vida? - El tormento eterno o la dicha eterna. - ¿Cuál es el sentido que no destruye la muerte? - La union con el dios infinito, el paraiso.

Así que, además del conocimiento sensible que antes me parecía el único conocimiento, me vi llevado inevitablemente a reconocer que toda la humanidad viviente tiene algún otro conocimiento, uno irrazonable: la fe, que da la posibilidad de vivir. Toda la irracionalidad de la fe seguía siendo para mí la misma que antes, pero no podía dejar de reconocer que sólo ella da a la humanidad las respuestas a las preguntas de la vida y, en consecuencia, la posibilidad de vivir.

El conocimiento razonable me llevó a reconocer que la vida no tenía sentido, que mi vida se había detenido y que quería destruirme. Cuando miré a mi alrededor, a la gente, a toda la humanidad, vi que la gente vivía y pretendía conocer el sentido de la vida. Volví a mirarme a mí mismo: Viví mientras conocí el sentido de la vida. Al igual que otras personas, la fe me dio el sentido de la vida y la posibilidad de vivir.

Cuando me fijé más en personas de otros países, en personas que para mí son modernas y en personas que han sobrevivido a su tiempo, vi lo mismo. Donde hay vida, allí la fe, desde los tiempos de la humanidad, da la oportunidad de vivir, y las características principales de la fe en todas partes y siempre las mismas.

Cualquiera que sea y a quienquiera que responda cualquier fe, toda respuesta de fe a la existencia finita del hombre da a la existencia finita del hombre el sentido de lo infinito - un sentido que no es destruido por el sufrimiento, la privación y la muerte. Así pues, sólo en la fe puede hallarse el sentido y la posibilidad de la vida. Y me di cuenta de que la fe en su significado más esencial no es sólo "la denuncia de cosas invisibles", etc., no es revelación (es sólo una descripción de uno de los atributos de la fe), no es sólo la relación del hombre con Dios (hay que definir la fe, y luego a Dios, y no a través de Dios definir la fe), no es sólo estar de acuerdo con lo que a uno le han dicho, como la fe se entiende más a menudo - la fe es el conocimiento del significado de la vida humana, como consecuencia de lo cual el hombre no se destruye a sí mismo, sino que vive. La fe es el poder de la vida. Si el hombre vive, cree en algo. Si no creyera que es necesario vivir por algo, no viviría. Si no ve y comprende la fantasmagoría de lo finito, cree en ese finito; si comprende la fantasmagoría de lo finito, debe creer en el infinito. Sin fe no se puede vivir.

Recordé todo el curso de mi trabajo interior y me horroricé. Ahora estaba claro para mí que, para que un hombre pueda vivir, o bien no debe ver el infinito, o bien debe tener tal explicación del sentido de la vida, en la que lo finito se equipararía a lo infinito. Yo tenía tal explicación, pero no la necesitaba mientras creyera en lo finito, y empecé a comprobarlo con la razón. Y ante la luz de la razón toda la explicación anterior se hizo cenizas. Pero llegó un momento en que dejé de creer en lo último. Y entonces empecé a construir, sobre bases razonables, a partir de lo que sabía, una explicación que diera sentido a la vida; pero no se construyó nada. Junto con las mejores mentes de la humanidad, llegué al hecho de que 0 = 0, y me quedé muy sorprendido de obtener tal solución, cuando no podía haber salido otra cosa.

¿Qué hice cuando busqué una respuesta en el conocimiento de lo experimentado? -- Quería saber por qué vivía, y para ello estudié todo lo que había fuera de mí. Evidentemente, podía aprender muchas cosas, pero nada de lo que necesitaba.

¿Qué hice cuando busqué la respuesta en el conocimiento filosófico? Estudié los pensamientos de aquellos seres que estaban en la misma situación que yo, que no tenían respuesta a la pregunta: ¿por qué vivo? Está claro que no podía saber nada más que lo que yo mismo sabía, que no se podía saber nada.

¿Qué soy yo? - Una parte del infinito. Pues ya en estas dos palabras reside todo el problema. ¿Es ésta una pregunta que la humanidad se ha hecho a sí misma sólo desde ayer? ¿Y nadie antes que yo se ha hecho esta pregunta, una pregunta tan simple, que está en la lengua de todo niño inteligente?

Pues esta cuestión se ha planteado desde que existen los hombres; y desde que existen los hombres, se ha comprendido que para resolver esta cuestión es igualmente insuficiente equiparar lo finito a lo finito y lo infinito a lo infinito; y desde que existen los hombres, se han encontrado y expresado las relaciones de lo finito con lo infinito.

Todos estos conceptos, en los que se equipara lo finito a lo infinito y se obtiene el sentido de la vida, los conceptos de dios, libertad, bondad, los sometemos a la investigación lógica. Y estos conceptos no resisten la crítica de la razón.

Si no fuera tan terrible, sería gracioso, con qué orgullo y complacencia nosotros, como niños, desmontamos relojes, sacamos el muelle, hacemos un juguete con él y luego nos sorprendemos de que el reloj deje de funcionar.

Es necesario y costoso resolver la contradicción de lo finito con lo infinito y responder a la cuestión de la vida de tal manera que la vida sea posible. Y ésta es la única resolución que encontramos en todas partes, siempre y entre todos los pueblos, -una resolución tomada fuera del tiempo, en la que la vida de las personas se pierde para nosotros, una resolución tan difícil que no podemos hacer nada por el estilo-, ésta es la resolución que destruimos a la ligera para volver a plantear la pregunta que es inherente a todos y para la que no tenemos respuesta.

Los conceptos del Dios infinito, la divinidad del alma, la conexión de los asuntos humanos con Dios, los conceptos del bien y del mal morales - estos son los conceptos desarrollados en la distancia histórica de la vida de la humanidad, ocultos a nuestros ojos, estos son los conceptos sin los cuales no habría vida ni yo mismo, y yo, desechando todo este trabajo de toda la humanidad, quiero hacerlo todo yo solo de una manera nueva y a mi manera.

No lo pensé entonces, pero los gérmenes de estos pensamientos ya estaban en mí. Me di cuenta 1) de que mi situación con Schopenhauer y Salomón, a pesar de nuestra sabiduría, es estúpida: nos damos cuenta de que la vida es mala, y sin embargo vivimos. Esto es claramente una estupidez, porque si la vida es una estupidez -y a mí me gusta tanto todo lo razonable- entonces deberíamos destruir la vida, y no habría nadie que lo negara. 2) Me di cuenta de que todos nuestros razonamientos giran en un círculo encantado, como una rueda que no se aferra a un engranaje. No importa cuánto o qué tan bien razonemos, no podemos obtener una respuesta a la pregunta, y siempre habrá 0 = 0, y que por lo tanto nuestro camino es probablemente erróneo. 3) Empezaba a darme cuenta de que las respuestas dadas por la fe encierran la sabiduría más profunda de la humanidad, y que no tenía derecho a negarlas basándome en la razón, y que, lo que es más importante, estas respuestas responden por sí solas a la cuestión de la vida.

X

Lo entendí, pero no me hizo sentir mejor.

Ahora estaba dispuesto a aceptar cualquier fe, siempre que no me exigiera negar directamente la razón, lo que sería una mentira. Y estudié tanto el budismo como el mahometismo en los libros, y sobre todo el cristianismo, tanto en los libros como en las personas vivas que me rodeaban.

Naturalmente, me dirigí en primer lugar a la gente creyente de mi círculo, a los eruditos, a los teólogos ortodoxos, a los ancianos monásticos, a los teólogos ortodoxos de nuevo cuño, e incluso a los llamados nuevos cristianos que profesan la salvación por la fe en la expiación. Y me agarraba a estos creyentes y les interrogaba sobre cómo creían y cuál era para ellos el sentido de la vida.

Aunque hice todo tipo de concesiones, evité todo tipo de argumentos, no pude aceptar la fe de estas personas - vi que lo que decían creer no era una explicación, sino un oscurecimiento del sentido de la vida, y que ellos mismos reclamaban su fe no para responder a la pregunta de la vida que me había llevado a la fe, sino para otros fines ajenos a mí.

Recuerdo la angustiosa sensación de temor de volver a mi antigua desesperación después de la esperanza, que experimenté muchas, muchas veces en mis relaciones con esta gente. Cuanto más y más detalladamente me exponían sus credos, más claramente veía su engaño y la pérdida de mi esperanza de encontrar en su fe una explicación, el sentido de la vida.

No es que añadieran muchas cosas innecesarias e irrazonables a las verdades cristianas que siempre me habían sido queridas en la exposición de su doctrina, -esto no me repugnaba; pero me repugnaba el hecho de que la vida de aquella gente era la misma que la mía, con la única diferencia de que no correspondía a los mismos principios que exponían en su doctrina. Sentí claramente que se engañaban a sí mismos, y que ellos, como yo, no tenían otro sentido de la vida que vivir mientras vivieran, y tomar todo lo que su mano pudiera tomar. Lo vi por el hecho de que si tuvieran ese sentido en el que se destruye el miedo a las dificultades, al sufrimiento y a la muerte, no los temerían. Y ellos, estos creyentes de nuestro círculo, al igual que yo, vivían en exceso, se esforzaban por aumentarlo o conservarlo, temían la penuria, el sufrimiento y la muerte, y al igual que yo y todos nosotros los incrédulos, vivían satisfaciendo lujurias, vivían tan mal, si no peor, que los incrédulos.

Ningún razonamiento podía convencerme de la verdad de su fe. Sólo acciones que demostraran que tenían un sentido de la vida en el que la pobreza, la enfermedad y la muerte, que eran terribles para mí, no lo eran para ellos, podrían convencerme. Y tales acciones no las he visto entre estos diversos creyentes de nuestro círculo. He visto tales acciones, por el contrario, entre las personas más incrédulas de nuestro círculo, pero nunca entre los llamados creyentes de nuestro círculo.

Y me di cuenta de que la fe de esta gente no era la fe que yo buscaba, que su fe no era fe, sino sólo uno de los consuelos epicúreos de la vida. Me di cuenta de que esa fe era buena, quizá no para consolar, sino para esparcir un poco al arrepentido

Salomón en su lecho de muerte, pero no podía ser buena para la inmensa mayoría de la humanidad, que no estaba llamada a burlarse del trabajo de los demás, sino a crear vida. Para que toda la humanidad viva, para que siga viviendo, dándole sentido, ellos, esos miles de millones, deben tener un conocimiento diferente, real, de la fe. No fue el hecho de que Salomón y Schopenhauer y yo no nos suicidáramos lo que me convenció de la existencia de la fe, sino el hecho de que esos miles de millones vivieran y vivan, y que Salomón y yo fuéramos llevados por las olas de la vida.

Y empecé a acercarme a los creyentes desde gente pobre, sencilla, inculta, hasta vagabundos, monjes, cismáticos, muzhiks. La doctrina de esta gente del pueblo era también cristiana, como lo era la doctrina de los supuestos creyentes de nuestro círculo. Una gran cantidad de superstición también estaba mezclada con las verdades cristianas, pero la diferencia era que las supersticiones de los creyentes de nuestro círculo eran bastante innecesarias para ellos, no estaban conectadas con su vida, y eran sólo una especie de diversión epicúrea; mientras que las supersticiones de los creyentes del pueblo trabajador estaban hasta tal punto conectadas con su vida que era imposible imaginar su vida sin estas supersticiones; eran una condición necesaria de esa vida. Toda la vida de los creyentes de nuestro círculo era una contradicción con su fe, y toda la vida del pueblo creyente y laborioso era una confirmación del sentido de la vida que daba el conocimiento de la fe. Y empecé a indagar en la vida y las creencias de esas personas, y cuanto más indagaba, más me convencía de que tenían fe verdadera, de que su fe les era necesaria y era la única que les daba el sentido y la posibilidad de la vida. Contrariamente a lo que vi en nuestro círculo, donde la vida sin fe es posible y donde de cada mil apenas uno se reconoce creyente, en medio de ellos apenas hay un incrédulo entre miles. Contrariamente a lo que vi en nuestro círculo, donde toda la vida se pasa en la ociosidad, la diversión y la insatisfacción con la vida, vi que toda la vida de esta gente se pasaba en el trabajo duro, y estaban menos insatisfechos con la vida que los ricos. En contraste con el hecho de que la gente de nuestro círculo se resistía y se resentía al destino por las dificultades y el sufrimiento, esta gente aceptaba la enfermedad y el dolor sin ninguna perplejidad, oposición, sino con una convicción tranquila y firme de que todo esto debe ser y no puede ser de otra manera, de que todo esto es bueno. Contrariamente al hecho de que cuanto más inteligentes somos, menos comprendemos el sentido de la vida y vemos alguna burla maligna en el hecho de que sufrimos y morimos, estas personas viven, sufren y se acercan a la muerte con calma, la mayoría de las veces con alegría. En contraste con el hecho de que una muerte tranquila, una muerte sin terror ni desesperación, es la excepción más rara en nuestro círculo, una muerte inquieta, revoltosa e infeliz es la excepción más rara entre la gente. Y tales personas, privadas de todo lo que para Salomón y para mí es el único bien de la vida, y que, sin embargo, experimentan la mayor felicidad, son muchas en número. Miré más ampliamente a mi alrededor. Contemplé las vidas de grandes masas de personas pasadas y presentes. Y vi tales personas que comprendieron el sentido de la vida, que supieron vivir y morir, no dos, tres, diez, sino cientos, miles, millones. Y todos ellos, infinitamente diferentes en su disposición, mente, educación, posición, todos ellos igual y completamente opuestos a mi ignorancia conocían el sentido de la vida y de la muerte, trabajaban tranquilamente, soportaban penurias y sufrimientos, vivían y morían, no viendo en ello vanidad, sino el bien.

Y me enamoré de estas personas. Cuanto más profundizaba en sus vidas de personas vivas y en las vidas de las mismas personas muertas sobre las que había leído y oído hablar, más las amaba, y más fácil me resultaba vivir. Viví así durante dos años, y me ocurrió una revolución que llevaba mucho tiempo preparándose en mí, y cuyas condiciones previas siempre habían estado en mí. Lo que me ocurrió fue que la vida de nuestro círculo -los ricos, los científicos- no sólo me disgustó, sino que perdió todo su sentido. Todas nuestras acciones, razonamientos, ciencias, artes - todo esto me parecía un mimo. Me di cuenta de que era imposible buscarle sentido. Pero las acciones de la gente trabajadora, que crea la vida, se me aparecían como un hecho verdadero. Y me di cuenta de que el sentido dado a esta vida es la verdad, y lo acepté.

XI

Y recordando cómo esas mismas creencias me repugnaban y me parecían sin sentido cuando las profesaban personas que vivían en contra de esas creencias, y cómo esas mismas creencias me atraían y me parecían razonables cuando veía que la gente las vivía, me di cuenta de por qué entonces había rechazado esas creencias y por qué las encontraba sin sentido, y ahora las aceptaba y las encontraba llenas de sentido. Me di cuenta de que estaba perdido y de cómo lo estaba. Estaba perdido no tanto porque había estado pensando mal, sino porque había estado viviendo mal. Me di cuenta de que no era tanto el error de mi pensamiento lo que me había cerrado la verdad, sino mi propia vida en aquellas condiciones excepcionales de epicureísmo, de satisfacción de las lujurias, en que la había pasado. Me di cuenta de que mi pregunta sobre lo que era mi vida, y la respuesta: el mal, era perfectamente correcta. Lo único erróneo era que la respuesta, que sólo se aplicaba a mí, yo la atribuía a la vida en general: Me pregunté qué era mi vida, y recibí la respuesta: el mal y el sinsentido. Y es cierto que mi vida -una vida de satisfacer la lujuria- carecía de sentido y era malvada, y por tanto la respuesta, "la vida es malvada y carece de sentido", se aplicaba sólo a mi vida y no a la vida humana en general. Me di cuenta de la verdad, que más tarde encontré en el Evangelio, de que los hombres amaban más las tinieblas que la luz, porque sus obras eran malas. Porque todo el que hace obras malas odia la luz y no va a la luz, para que sus obras no sean reprobadas. Me di cuenta de que, para comprender el sentido de la vida, es necesario, en primer lugar, que la vida no carezca de sentido y sea mala, y luego tener la mente para comprenderla. Me di cuenta de por qué había caminado tanto tiempo alrededor de una verdad tan obvia, y que si uno piensa y habla sobre la vida de la humanidad, debe hablar y pensar sobre la vida de la humanidad y no sobre la vida de unos pocos parásitos de la vida. Esta verdad siempre fue cierta, como $2 \times 2 = 4$, pero no la reconocí, porque al reconocer $2 \times 2 = 4$, tendría que reconocer el hecho de que yo no era bueno. Y sentirme bien era para mí más importante y obligatorio que 2 × 2 = 4. Amaba a la gente buena, me odiaba a mí mismo y reconocía la verdad. Ahora lo tengo todo claro.

¿Qué pasaría si un verdugo que pasa su vida torturando y decapitando, o un borracho muerto, o un loco que está encarcelado toda su vida en una habitación oscura, arremetiendo contra esa habitación e imaginando que perecería si saliera de ella; qué pasaría si se preguntaran: qué es la vida? Obviamente, no podrían obtener otra respuesta a la pregunta: qué es la vida, que la de que la vida es el mayor de los males; y la respuesta de un loco sería perfectamente correcta, pero sólo para él. ¿Qué, estoy tan loco como yo? ¿Qué, como todos nosotros, hombres ricos y cultos, estamos igual de locos?

Y me di cuenta de que realmente estamos así de locos. Yo debo de haber estado así de loca. Y realmente, un pájaro existe para que tenga que volar, recoger comida, construir nidos, y cuando veo a un pájaro haciendo eso, me regocijo en su alegría. La cabra, la liebre, el lobo existen para que tengan que alimentarse, multiplicarse, nutrir a sus familias, y cuando lo hacen, tengo una fuerte conciencia de que son felices y de que sus vidas son razonables. Entonces, ¿qué debe hacer el hombre? Debe extraer la vida del mismo modo que los animales, pero con la única diferencia de que morirá extrayéndola solo: no debe extraerla para sí mismo, sino para todos. Y cuando lo hace, tengo la firme conciencia de que es feliz y de que su vida es razonable. ¿Qué he hecho yo en mis treinta años de vida consciente? - No sólo no he minado la vida para todos los demás, sino que no la he minado para mí. He vivido como un parásito, y cuando me he preguntado para qué vivía, he obtenido la respuesta: para nada. Si el sentido de la vida humana es extraerla, entonces ¿cómo podía yo, que había pasado treinta años no extrayendo vida, sino arruinándola en mí mismo y en los demás, obtener otra respuesta que la de que mi vida carecía de sentido y era mala? No tenía sentido y era malvada.

La vida del mundo se hace según la voluntad de alguien - alguien está haciendo su propio trabajo por esta vida del mundo entero y nuestras vidas. Para tener la esperanza de comprender el significado de esta voluntad, es necesario en primer lugar cumplirla - hacer lo que ellos quieren que hagamos. Y si no hago lo que quieren de mí, nunca entenderé lo que quieren de mí, y menos aún lo que quieren de todos nosotros y del mundo entero.

Si a un mendigo desnudo y hambriento se le saca de un cruce de caminos, se le lleva a un lugar cubierto de un buen establecimiento, se le da de comer, se le da de beber y se le hace mover arriba y abajo un palo, es obvio que antes de que pueda entender por qué se le ha sacado, por qué debe mover el palo, si la disposición de todo el establecimiento es razonable, el mendigo debe, en primer lugar, mover el palo. Si mueve el palo, entonces comprenderá que este palo mueve la bomba, que la bomba bombea agua, que el agua pasa por los lechos, entonces será sacado del pozo cubierto y puesto en otra caja, y recogerá fruta y entrará en la alegría de su amo y, moviéndose de la caja más baja a la más alta, comprendiendo cada vez más la estructura de toda la institución y participando en ella, nunca pensará siquiera en preguntar por qué está aquí, y ciertamente no reprochará nada al amo.

Del mismo modo, los que hacen la voluntad del amo, gente sencilla, jornaleros, indoctos, los que consideramos ganado, no le reprochan nada; pero nosotros, sabios, comemos todo lo que es del amo, pero no hacemos lo que el amo quiere que hagamos, y en vez de hacerlo, nos sentamos en círculo y razonamos: "¿Para qué moverlo con un palo? Es estúpido". Así lo entendemos. Hemos llegado a la conclusión de que el maestro es estúpido o no existe, y nosotros somos listos, pero sólo sentimos que no somos buenos, y debemos deshacernos de nosotros mismos de alguna manera.

XII

La comprensión del error del conocimiento inteligente me ayudó a liberarme de la tentación de la astucia ociosa. La convicción de que el conocimiento de la verdad sólo puede encontrarse mediante la vida, me llevó a dudar de la corrección de mi vida; pero sólo me salvó el hecho de que tuve tiempo de salir de mi exclusivismo y ver la vida real de la gente trabajadora ordinaria y darme cuenta de que ésta es sólo la vida real. Me di cuenta de que si quería entender la vida y su significado, tenía que vivir no la vida de un parásito, sino una vida real y, aceptando el significado que la humanidad real le da, fundirme con esta vida, para verificarla.

Al mismo tiempo me sucedió lo siguiente. Durante toda la continuación de este año, cuando me preguntaba casi a cada minuto si debía acabar con una soga o con una bala, - durante todo este tiempo, junto al tren de pensamiento y observación del que he hablado, mi corazón languidecía con un sentimiento agonizante. Este sentimiento no puedo llamarlo de otra manera que la búsqueda de Dios.

Digo que esta búsqueda de Dios no era un razonamiento, sino un sentimiento, porque esta búsqueda no fluía de mi línea de pensamiento -era incluso directamente opuesta a ella-, sino que fluía de mi corazón. Era un sentimiento de miedo, de orfandad, de soledad en medio de todo lo ajeno, y de esperanza en la ayuda de alguien.

A pesar de que estaba plenamente convencido de la imposibilidad de demostrar la existencia de Dios (Kant me había demostrado, y yo lo comprendí perfectamente, que era imposible demostrarla), seguía buscando a Dios, esperaba encontrarlo y apelaba, según mi vieja costumbre, con un ruego a lo que buscaba y no encontraba. Entonces comprobé en mi mente los argumentos de Kant y Schopenhauer sobre la imposibilidad de probar la existencia de Dios, y luego empecé a refutarlos. La razón, me dije, no es la misma categoría de pensamiento que el espacio y el tiempo. Si existo, entonces hay una razón, y una causa de causas. Y esta causa de todo es lo que se llama Dios; y me detuve en este pensamiento y traté con todo mi ser de darme cuenta de la presencia de esta causa. Y tan pronto como me di cuenta de que había un poder en cuyo poder yo estaba, inmediatamente sentí la posibilidad de la vida. Pero me pregunté: "¿Qué es esta causa, este poder? ¿Cómo la concibo, cómo me relaciono con eso que llamo Dios?". Y sólo acudieron a mi mente las respuestas conocidas: "Él es el creador, el Proveedor". Estas respuestas no me satisfacían, y sentía que faltaba en mí lo que necesitaba para vivir. Aterrorizada, empecé a rezar a quien buscaba para que me ayudara. Y cuanto más rezaba, más evidente se me hacía que él no me escuchaba y que no había nadie a quien yo pudiera acudir. Y con la desesperación en mi corazón de que no había dios, dije: "¡Señor, ten piedad, sálvame! Señor, enséñame, Dios mío!" Pero nadie tuvo piedad de mí, y sentí que mi vida se detenía.

Pero una y otra vez, desde varios otros lados, llegué al mismo reconocimiento de que yo no podía haber venido al mundo sin ninguna razón, causa y significado, que yo no podía ser un polluelo caído del nido como me sentía ser. Yo, un polluelo caído, yazgo de espaldas, comiendo en la hierba alta, pero estoy comiendo porque sé que mi madre me llevó en sí, me nutrió, me calentó, me alimentó, me amó. ¿Dónde está esa madre? Si me han abandonado, ¿quién me ha abandonado? No puedo ocultarme que alguien me dio a luz con amor. ¿Quién es ese alguien? - Otra vez Dios.

"Él conoce y ve mi búsqueda, mi desesperación, mi lucha. Él es", me dije. Y en cuanto reconocí esto por un momento, inmediatamente surgió la vida en mí, y sentí tanto la posibilidad como la alegría de ser. Pero de nuevo del reconocimiento de la existencia de Dios pasé a buscar una relación con él, y de nuevo imaginé a ese Dios, nuestro creador, en tres personas, que envió a un hijo - el redentor. Y de nuevo ese dios, separado del mundo, de mí, como un témpano de hielo, se derritió, se fundió ante mis ojos, y de nuevo no quedó nada, y de nuevo se secó la fuente de la vida, me desesperé y sentí que no tenía otra cosa que hacer que suicidarme. Y, lo peor de todo, sentí que tampoco podía hacerlo.

No dos, ni tres veces, sino decenas, cientos de veces llegué a estas posiciones - entonces de alegría y revitalización, luego otra vez de desesperación y conciencia de la imposibilidad de la vida.

Recuerdo que era principios de primavera, estaba solo en el bosque, escuchando los sonidos del bosque. Estaba escuchando y pensando en una cosa, como había estado pensando en la misma cosa durante los últimos tres años. Estaba buscando a Dios de nuevo.

"Pues no existe ningún dios", me dije, "ningún dios que no sea mi idea, sino una realidad como toda mi vida; no existe tal cosa. Y nada, ningún milagro puede probar tal cosa, porque los milagros serían mi concepción, y una concepción irrazonable".

"¿Pero mi concepción de Dios, el que busco? - me pregunté. - ¿De dónde viene esta noción?" Y de nuevo ante este pensamiento surgieron en mí alegres oleadas de vida. Todo a mi alrededor cobraba vida, tenía sentido. Pero mi alegría no duró mucho. La mente continuó su trabajo. "El concepto de Dios no es Dios", me dije. - El concepto es lo que ocurre en mí, el concepto de dios es lo que puedo o no despertar en mí. No es eso lo que busco. Busco algo sin lo cual no puede haber vida". Y de nuevo todo empezó a morir a mi alrededor y en mí, y de nuevo sentí ganas de suicidarme.

Pero entonces miré hacia atrás, hacia lo que estaba sucediendo en mí; y recordé todos estos cientos de veces de morir y revivir en mí. Recordé que sólo había vivido cuando creía en Dios. Como antes, como ahora, me dije: si conozco a Dios, vivo; si lo olvido, no creo en él, muero. ¿Qué es esto de vivir y morir? Pues que no vivo cuando pierdo la fe en la existencia de Dios, pues hace tiempo que me habría matado si no hubiera tenido una vaga esperanza de encontrarlo. Pues vivo, vivo de verdad sólo cuando le siento y le busco. Entonces, ¿qué más busco? - gritó en mí una voz. Pues aquí está. Él es aquello sin lo que no se puede vivir. Conocer a Dios y vivir son una misma cosa. Dios es la vida.

"Vive buscando a Dios, y entonces no habrá vida sin Dios". Y más fuerte que nunca todo se iluminó en mí y a mi alrededor, y esa luz nunca me abandonó.

Y me salvé del suicidio. Cuándo y cómo se produjo en mí esta revolución, no sabría decirlo. Así como, imperceptible y gradualmente, la fuerza de la vida fue destruida en mí y llegué a la imposibilidad de vivir, a la interrupción de la vida, a la necesidad del suicidio, así, gradual e imperceptiblemente, esta fuerza de la vida volvió a mí. Y, por extraño que parezca, esa fuerza de la vida que volvía a mí no era nueva, sino la más antigua, la misma que me había atraído en los primeros días de mi vida. Volví en todo a lo más antiguo, infantil y juvenil. Volví a creer en la voluntad que me produjo y que quiere algo de mí; volví a creer que el principal y único objetivo de mi vida es ser mejor, es decir, vivir más en armonía con esa voluntad; volví a creer que podía encontrar la expresión de esa voluntad en lo que toda la humanidad había elaborado para orientarse, es decir, volví a creer en Dios, en la perfección moral y en la tradición que transmitía el sentido de la vida. La única diferencia era que entonces todo esto lo había aceptado inconscientemente, pero ahora sabía que no podía vivir sin ello.

A mí me pasó lo mismo: No recuerdo cuándo me subieron a la barca, me empujaron desde alguna orilla desconocida para mí, me dieron la dirección hacia otra orilla, me dieron los remos en mis manos inexpertas y me dejaron solo. Trabajé lo mejor que pude con los remos y nadé; pero cuanto más me adentraba en el medio, más rápido me arrastraba la corriente lejos de mi objetivo, y cada vez más a menudo me encontraba con nadadores como yo que eran arrastrados por la corriente. Había nadadores solitarios que seguían remando; había nadadores que habían abandonado sus remos; había grandes botes, enormes barcos llenos de gente; algunos luchaban contra la corriente, otros se entregaban a ella. Y cuanto más nadaba, más, mirando la dirección que tomaban todos los nadadores corriente abajo, olvidaba la dirección que me habían dado. En medio de la corriente, entre la multitud de botes y barcos que bajaban a toda prisa, perdí el rumbo y solté los remos. De todas partes con diversión y júbilo a mi alrededor llevaban las velas y los remos los nadadores río abajo, asegurándome a mí y a los demás que no podía haber otra dirección. Y yo les creí y nadé con ellos. Y me llevaron lejos, tan lejos que oí el ruido de los rápidos en los que iba a estrellarme, y vi las barcas que se estrellaban en ellos. Y volví en mí. Durante mucho tiempo no pude comprender lo que me había sucedido. Veía ante mí una perdición a la que corría y que temía, y no veía salvación en ninguna parte, y no sabía qué debía hacer. Pero cuando miré hacia atrás y vi las innumerables barcas que, sin cesar, rompían persistentemente la corriente, recordé la orilla, los remos y la dirección, y comencé a palear río arriba y hacia la orilla.

La orilla era Dios, la dirección era la tradición, los remos eran la libertad que se me daba para remar de vuelta a la orilla, para conectar con Dios. Así, la fuerza de la vida se renovó en mí y empecé a vivir de nuevo.

XIII

Renuncié a la vida de nuestro círculo, reconociendo que no era vida, sino sólo una apariencia de vida, que las condiciones de exceso en que vivimos nos privan de la posibilidad de comprender la vida, y que para comprender la vida debo comprender la vida no de las excepciones, no de nosotros, los parásitos de la vida, sino la vida de la gente sencilla trabajadora, la gente que hace la vida, y el sentido que le da. El sencillo pueblo trabajador que me rodeaba era el pueblo ruso, y me volví hacia él y hacia el sentido que da a la vida. Este significado, si se me permite expresarlo, era el siguiente. Todo hombre vino a este mundo por voluntad de Dios. Y Dios creó al hombre de tal manera que cada hombre puede destruir su alma o salvarla. La tarea del hombre en la vida es salvar su alma; para salvar su alma, hay que vivir a la manera de Dios, y para vivir a la manera de Dios, hay que renunciar a todos los placeres de la vida, trabajar, humillarse, ser paciente y misericordioso. El sentido de este pueblo procede de toda la doctrina, transmitida y transmitida a ellos por los pastores y la tradición que vive en el pueblo y que se expresa en leyendas, proverbios, cuentos.

Este sentido me resultaba claro y cercano. Pero con este sentido de la fe popular está inextricablemente ligado a nuestro pueblo no Raskolniki, entre los que viví, un montón de cosas que me repugnaban y parecían inexplicables: sacramentos, servicios religiosos, ayunos, culto de reliquias e iconos. La gente no puede separar lo uno de lo otro, y yo tampoco podía. Por muy extraño que me resultara mucho de lo que incluía la fe del pueblo, lo aceptaba todo, iba a los oficios, me ponía mañana y tarde a rezar, ayunaba, oraba, y por primera vez mi mente no se oponía a nada. Las mismas cosas que antes me parecían imposibles, ahora no suscitaban en mí ninguna oposición.

Mi actitud ante la fe ahora y entonces era muy diferente. Antes, la vida misma me parecía llena de sentido, y la fe me parecía una afirmación arbitraria de algo completamente innecesario para mí y sin relación con la vida. Me pregunté entonces qué sentido tenían esas afirmaciones y, convencido de que no tenían ninguno, las descarté. Ahora, por el contrario, sabía firmemente que mi vida no tenía sentido ni podía tenerlo, y no sólo los artículos de fe no me parecían innecesarios, sino que fui conducido por indudable experiencia a la convicción de que sólo estos artículos de fe dan sentido a la vida. Antes los había visto como un galimatías completamente innecesario, pero ahora, si no los entendía, sabía que tenían significado, y me dije que debía aprender a entenderlos.

Hice el siguiente razonamiento. Me dije: el conocimiento de la fe deriva, como toda la humanidad con su razón, de un principio misterioso. Este principio es Dios, principio tanto del cuerpo humano como de la mente humana. Como mi cuerpo me vino en sucesión de dios, así me vino mi mente y mi comprensión de la vida, y por tanto todas esas etapas de desarrollo de esta comprensión de la vida no pueden ser falsas. Todo lo que los hombres creen verdaderamente debe ser verdad; puede estar expresado de diversas maneras, pero no puede ser falso, y por lo tanto, si me parece falso, sólo significa que no lo comprendo. Además, me dije, la esencia de toda fe es que da a la vida un sentido que no se destruye con la muerte. Es natural que para que la fe pueda responder a la pregunta de un rey que muere en el lujo, de un anciano-esclavo torturado por el trabajo, de un niño poco inteligente, de un anciano sabio, de una anciana medio tonta, de una joven feliz, de un joven atribulado por las pasiones, de todos los hombres en las más variadas condiciones de vida y educación,-naturalmente, si hay una respuesta que conteste a la eterna única pregunta de la vida: "¿Por qué vivo, qué saldrá de mi vida?" - entonces esta respuesta, aunque unificada en su esencia, debe ser infinitamente variada en sus manifestaciones; y cuanto más unificada, más verdadera, más profunda es esta respuesta, más extraña y

Epílogo del traductor

La luminaria de Moscú: La metapolítica de Tolstoi y el telos oceánico de la humanidad

Tolstoi figura entre las mentes de finales del siglo XIX como uno de los mayores antiideólogos de su siglo. Su literatura sigue siendo una de las mejores narraciones jamás escritas: profundamente espiritual, filosófica y profética. Profético en su predicción de que la política socialista de los revolucionarios acabaría en grandes horrores, espiritual en su profundo asombro oceánico que se entreteje en todo su arte -un asombro que trata de encontrar la certeza del conocimiento- y filosófico en sus meditaciones intelectuales que son a la vez individualistas pero sinérgicas, de alcance cósmico pero llenas de retratos psicológicos íntimos. Sus obras están impregnadas de una profunda compasión por todas las almas vivas. Su odio se dirigía sobre todo hacia aquello que debía ser odiado: la guerra, la injusticia y la opresión de los pobres, sobre lo que su amigo por correspondencia Gandhi fundó su movimiento. Tolstoi insistía en su creencia de que ningún gobierno, ideología o movimiento sociopolítico podía arreglar la sociedad. Más bien, el desarrollo espiritual y moral del individuo era la única esperanza para la sociedad, una creencia que le llevó a rechazar el socialismo y a criticar al Estado zarista ruso. Su obra oscila entre la inmanencia de la experiencia individual y la responsabilidad moral personal, y la interconectividad cósmica de todos los seres humanos a lo largo de todos los tiempos, reflejo del inconsciente colectivo de Schopenhauer.

Tolstoi dejó tras de sí un corpus inabarcable. Produjo cientos de novelas, novelas cortas, cuentos y fábulas, guías didácticas, resúmenes académicos, colecciones de poesía, teoremas políticos y geopolíticos, catecismos religiosos y artículos publicados constantemente sobre temas de la época. Las primeras novelas de Tolstói, como la trilogía "Infancia" (1852) y "Niñez" (1854) y Juventud (1857), eran en gran medida de carácter autobiográfico. Eran profundamente románticas por naturaleza, reflejo de los temas románticos franco-alemanes personificados por escritores como Goethe, Schiller y Rousseau, a quienes Tolstoi leía. Se centraban en la experiencia individual más que en temas sociales y filosóficos más amplios. Sin embargo, sus primeros diarios muestran una preocupación constante por cuestiones morales más amplias. A mediados de su carrera, Tolstói pasó a centrarse en temas oceánicos, un cambio provocado en parte por su lectura de la filosofía continental. Su ficción histórica se entretejió con temas sociales y espirituales contemporáneos y produjo su obra magna, "Guerra y paz" (1869). Aunque conservaba su aguda visión psicológica de la experiencia individual, también exploraba profundas cuestiones filosóficas sobre la naturaleza de la guerra, la historia y la acción humana. Tolstoi empleó un amplio lienzo, entrelazando las historias personales de sus personajes con los grandes acontecimientos históricos, demostrando su habilidad para captar las complejidades de la existencia humana dentro del tapiz de la sociedad. Tras la publicación de sus mejores novelas, Tolstói entró en un periodo de introspección espiritual y filosófica que influyó profundamente en sus obras posteriores. Esta fase se caracteriza por su exploración de los dilemas morales, la naturaleza de la fe y la búsqueda de una vida con sentido. Obras como "Anna Karenina" (1877) y "La muerte de Iván Ilich" (1886) ahondan en las complejidades de las expectativas sociales y en los retos existenciales que supone enfrentarse a la mortalidad. Este énfasis en la muerte impregna todas sus obras a partir de entonces.

En sus últimos años, Tolstói se convirtió en un estoico aún más profundo, rechazando finalmente su lugar de privilegio (había nacido en una familia rica) y experimentó un despertar espiritual más profundo que le llevó a cuestionar su propia posición privilegiada en la sociedad y a abrazar una vida de sencillez y rigor moral. Renunció a sus posesiones y títulos, y llevó una vida ascética. Esto marcó un cambio significativo en sus escritos, ya que se centró cada vez más en temas relacionados con la injusticia social, la pobreza y la búsqueda de una sociedad más igualitaria. Comenzó como escéptico, pero se convirtió en un filósofo ascético. Sus obras de este periodo, como "Resurrección" (1899) y "El reino de Dios está en vosotros" (1894), reflejan su creciente compromiso con la reforma social y la resistencia no violenta. Durante este periodo escribió algunas de sus obras filosóficas más conmovedoras. En sus últimos años de vida, vivió como un asceta y se centró por completo en tratados filosóficos y religiosos, donde delineó sus ideas radicales sobre la no violencia, el pacifismo y el rechazo de la riqueza y el poder. Estas obras, como "¿Qué es el arte?" (1897) y "Confesión" (1882), muestran sus intentos de reconciliar sus creencias espirituales con las realidades del mundo. Son elevadas y oceánicas, por lo que fueron interpretadas en muchas direcciones diferentes. El régimen comunista que tomó el poder pocos años después de su muerte utilizó sus palabras para justificar su totalitarismo, pero más tarde prohibió Tolstoi y Dostoievski debido a sus temas espirituales y al énfasis en la moral individual.

Conexiones continentales: El Telos Épico de la Humanidad

Las tendencias más oscuras del pensamiento de Tolstoi, que acabarían por excomulgarle de la Iglesia, proceden, al menos en parte, de la filosofía pesimista, subjetivista y a veces nihilista de Schopenhauer y del aprendiz de Schopenhauer, Nietzsche. Tolstói aprendió alemán (su mujer era alemana) y francés con fluidez. Tolstoi leyó la enorme obra de Schopenhauer sobre el ateísmo platónico "El mundo como voluntad y representación", y quedó cautivado por su extenso análisis de los deseos humanos, el sufrimiento y la naturaleza ilusoria del mundo. El énfasis de Schopenhauer en la naturaleza insaciable de los deseos humanos y la insatisfacción resultante tocó la fibra sensible de las propias observaciones de Tolstoi sobre la experiencia humana. El compromiso de Tolstói con las ideas de Schopenhauer es evidente en sus obras posteriores, en las que explora temas como la desilusión, la desesperación existencial y la naturaleza transitoria de la felicidad humana. Tolstoi reconoció la influencia de Nietzsche, declarando en una entrada de su diario del 10 de octubre de 1893: "Nietzsche tiene una mente para lo excepcional... en él, como en ningún otro, se siente un conocimiento más profundo de lo que es un ser humano". En su novela "La muerte de Iván Ilich", Tolstói aborda la futilidad de los afanes mundanos y la inevitabilidad de la muerte, temas que guardan cierta semejanza con la visión pesimista de Schopenhauer, que acabaría retomando Kafka. Sin embargo, Kafka no era pesimista del todo, y contradecía tanto a Nietzsche como a Schopenhauer en varios puntos fundamentales. Nietzsche abogaba por una renuncia total a todos los valores morales, yendo más lejos que Schopenhauer al rechazar por completo la Genealogía de la moral. Para Tolstoi, éste era un camino perverso y autodestructivo, y la verdadera respuesta residía en el retorno a los valores morales, al amor y a la búsqueda de una vida de sencillez y autenticidad. Nietzsche y Tolstoi se habrían despreciado si se hubieran conocido. Pero esta visión oceánica de su propia filosofía, en la que Tolstói intentaba literalmente solucionar de una sola vez todos los problemas fundamentales de la humanidad, recuerda mucho a su lectura del idealismo continental a través de Hegel, Schopenhauer y Nietzsche, que afirmaban vastos sistemas metafísicos destinados a comprender toda la realidad. Este alcance de su proyecto filosófico Tolstoi lo tomó de los filósofos alemanes del siglo XIX y principios del XX.

Nietzsche también preparó a Tolstoi y un poco a Dostoievski antes de morir, mencionando brevemente a Tolstoi en su Genealogía de la moral con una nota despectiva:

> Para nada!", "¡Nada!" - aquí no prospera ni crece nada, a lo sumo Metapolítica Petersburguesa y "lástima" tolstoiana

Tolstoi y Dostoievski: Los metafísicos gemelos de San Petersburgo y Moscú

Los metafísicos del espejo fueron contemporáneos. Tolstoi mencionó a Dostoievski en su diario del 16 de noviembre de 1869: "Dostoievski es el único psicólogo del que tengo algo que aprender; es verdaderamente grande y sus obras son preciosas para mí". Dostoievski, en una carta a su hermano fechada el 1 de noviembre de 1880, escribió: "Creo que cuando se trata de describir la vida real y cotidiana, Tolstoi no tiene rival. Nadie puede igualarle". Fiódor Dostoievski aclamaba a Tolstói como un genio, y viceversa, pero expresaba reservas sobre la practicidad de su filosofía. Tanto Dostoievski como Tolstoi compartían una profunda preocupación por los dilemas morales a los que se enfrentaba Rusia en el precipicio de una violenta revolución y por las luchas existenciales de la humanidad. Ambos escritores eran estoicos: afirmaban que el individuo debe asumir la responsabilidad no sólo de sus propios pecados, sino de su capacidad de pecar, y que sin la creencia en lo divino no hay esperanza para la humanidad. Dostoievski era mucho más práctico que Tolstoi, que a menudo afirmaba una visión utópica de la humanidad con sólo una simple piedad como camino hacia esa utopía.

Tanto Tolstoi como Dostoievski estaban convencidos de la inevitabilidad de la Religión. Mientras los "demonios" del Materialismo centroeuropeo convencían a la intelectualidad rusa de que la racionalidad sin presupuestos era el progreso, tanto Tolstoi como Dostoievski veían esto como un autoengaño. Pues el racionalismo supuestamente puro del mundo postprotestante estaba impulsado por principios metafísicos, lo que convertía a estas nuevas "ideas progresistas" en insidiosa y oscuramente religiosas por naturaleza. Incluso Freud, que defendía una ciencia sin presupuestos, llamó al marxismo "oscuramente hegeliano" y "sospechosamente metafísico". Los principios del socialismo se basan en un Telos, una jerarquía de valores morales que decide cómo debe ser la sociedad ideal. Es una especie de Escatología que pretende estar más allá de la religión, pero que es en sí misma una religión. Tolstoi escribe:

> Es imposible que exista una persona sin religión (es decir, sin ningún tipo de relación con el mundo) como lo es que exista una persona sin corazón. Puede que no sepa que tiene una religión, igual que una persona puede no saber que tiene un corazón, pero no es más posible que exista una persona sin religión que sin corazón.

Aun así, Tolstoi estuvo en constante conflicto con ideologías religiosas coherentes. Esto alcanzó su punto álgido con su excomunión de la iglesia ortodoxa pocos años antes de su muerte, tras décadas de discusiones con la iglesia. Esto no le molestó, ya que había estado cuestionando y atacando las doctrinas de la iglesia, y escribe al principio de su Confesión:

Fui bautizado y educado en la fe cristiana ortodoxa. Me la enseñaron desde la infancia y durante toda mi adolescencia y juventud. Pero cuando dejé el segundo año de universidad, a los 18 años, ya no creía en nada de lo que me habían enseñado.

En Resurrección, se burla de los "cristianos de iglesia" que recurren a los escritores espirituales en lugar de a los "verdaderos" intelectuales como su amado Schopenhauer:

Y así, para aclarar esta cuestión, no tomó a Voltaire, Schopenhauer, Spencer, Comte, sino los libros filosóficos de Hegel y las obras religiosas de Vinet, Khomyakov, y, naturalmente, encontró en ellos justamente lo que necesitaba: una semblanza tranquilizadora y justificadora de la enseñanza religiosa en la que había sido educado y que su mente había permitido desde hacía mucho tiempo, pero sin la cual toda la vida estaba llena de problemas, y al reconocer la cual todos estos problemas se eliminaban inmediatamente.

Se puede ver cómo Tolstoi estaba a medio camino entre la epistemología ortodoxa y las nuevas ideologías protestantes centroeuropeas de la subjetividad y el perspectivismo bajo la nueva religión modernista. Tolstoi rechazó la idea de que se pueda carecer de religión, pero adoptó la creencia protestante antimetafísica de que se puede carecer de tradición y, en consecuencia, de que se puede ser de algún modo mágicamente cristiano pero no formar parte de la institución que Cristo mismo fundó. Criticó las instituciones religiosas organizadas no desde un lugar de racionalidad sin presupuestos, sino desde una institución religiosa compuesta por uno: La iglesia de Tolstoi. Tolstoi desarrolló un culto de seguidores, creando irónicamente una jerarquía de autoridad paraeclesiástica. Este es también uno de los problemas centrales que George Orwell señala sobre el marxismo, más famoso en Rebelión en la granja: que las jerarquías son inevitables, no opcionales. Y si se destruye el cristianismo "institucional", en realidad no se destruyen las jerarquías, sino que se crean nuevas, ocultas e insidiosas jerarquías de poder. Así que cuando los protestantes abandonaron la institución de la iglesia, al igual que el socialismo supuestamente abandonó la jerarquía opresiva del "capitalismo", esto era poco más que un autoengaño, porque todo lo que estaba ocurriendo era la sustitución de una jerarquía clara, obvia y responsable por una jerarquía oculta, perniciosa e irresponsable. Una jerarquía en la sombra que no puede ser fijada ni responsabilizada. Una relación con un trascendente siempre nos une a los demás en ese mismo patrón de culto, como escribe Kierkegaard "sólo en relación con el Otro soy libre", así que la creencia de Tolstoi en el culto al margen o fuera de la institución de la iglesia es un autoengaño. Tolstoi adoptó esta falacia centroeuropea, exactamente como la describe Dostoievski en Demonios. La enfermedad filosófica del naciente ateísmo Sola Scriptura de Lutero (las ideas ginebrinas, como las denominó Dostoievski) impactó en Tolstoi y en el resto de la Intelligentsia rusa exactamente como un parásito, haciendo inevitables la violencia, los genocidios y las ideologías sociopolíticas radicales de la Revolución de Octubre. La desviación de Tolstoi hacia la espiritualidad subjetiva y el autoengaño al estilo protestante sigue el camino exacto que Dostoievski esboza en Demonios.

Una vez que uno cree que ser un cristiano "sin tradición" o "sin institución" es posible, que la iglesia es meramente una categoría de personas con creencias presuposicionales similares, no una institución Apostólica, el Ateísmo y la ruptura del Ateísmo en el Post-Modernismo Deconstructivista es inevitable. Tan pronto como uno cree que "Dios no tiene representantes en la tierra", o que el Cristianismo es "una relación no una religión", la subjetividad ha sido instanciada como el modelo Epistemológico fundamental, el Logos ha sido reemplazado por un racionalismo plano como el núcleo animador de la realidad. La creencia autoengañosa de que uno sigue "la Biblia, no la tradición" es subjetividad metafísica disfrazada de absolutismo. Hay una distancia muy corta entre que un protestante afirme: "Me apoyo sólo en la Palabra de Dios" y "hay un número infinito de Géneros". Sola Scriptura siempre conduce al colapso de la realidad, ya que convierte la fe en un racionalismo meramente axiomático predicado sobre una interpretación subjetiva personal de la verdad. La realidad es ahora una Experiencia Subjetiva (yo leyendo mi Biblia por mí mismo y determinando la verdad), no una revelación super-racional objetiva e inmutable que es conocible a través de la relación e inevitablemente manifiesta como una institución espiritual, como sostiene la Ortodoxia. En otras palabras, el camino del Autoengaño se parece a lo siguiente:

Traditionlessness [Protestantismo / Individualismo] >

Religionlessness [Ateísmo / racionalismo plano] >
Falta de realidad [Modernismo y posmodernismo]

En Tolstoi, vemos cómo estos "ídolos" centroeuropeos (Solzhenitsyn) o "demonios" (Dostoievski) de la subjetividad posprotestante envenenan sus, por lo demás, profundas reflexiones epistemológicas. Schopenhauer señala esta inevitable irreligiosidad del protestantismo en El mundo como voluntad y representación:

> La esencia del protestantismo es el individualismo, que conduce necesariamente al subjetivismo, y éste, a su vez, a la negación de la verdad objetiva.. El protestantismo, al rechazar el celibato y el ascetismo real en general [es decir, la sustitución del estoicismo por el epicureísmo], así como a sus representantes, los santos, se ha convertido en un cristianismo embotado, o más bien roto, al que le falta el pináculo: corre hacia la nada.... al eliminar el ascetismo y su punto central, el mérito del celibato, en realidad ya ha abandonado el núcleo más íntimo del cristianismo y en esa medida debe considerarse como apostasía del mismo. Esto se ha hecho evidente en nuestros días en la transición gradual del cristianismo hacia el racionalismo plano, este pelagianismo moderno...

Esta "transición gradual" del cristianismo hacia el "racionalismo plano" del secularismo que Schopenhauer observó en su día es ahora una ley universal; nunca ha habido una sociedad protestante que no se haya secularizado. Sólo quedan países católicos y ortodoxos en el mundo, y el no confesionalismo "creyente en la Biblia" es la religión que más rápidamente se está reduciendo en la Tierra, pues allí donde se extiende, un Ateísmo profundo y permanente sólo le sigue 2-3 generaciones.

Tolstoi caminó por el filo entre esta subjetividad pesimista derivada del protestantismo y la fe de su juventud. En sus obras posteriores "¿Cuál es mi fe?" y "El estudio de la teología dogmática" afirma explícitamente la fe cristiana, pero también critica la teología dogmática y aboga por una interpretación más individual y personal de la fe, un subjetivismo que recibió del racionalismo posprotestante de Schopenhauer. Sin embargo, a diferencia de Schopenhauer, Tolstoi mantiene este subjetivismo muy ligado al teísmo. Hacia el final de Confesiones, escribe sobre este retorno a una fe infantil:

> Y me volví hacia el estudio de la misma teología que una vez había desechado tan despectivamente como innecesaria... Que hay verdad en la

doctrina es cierto para mí; pero también es cierto que hay falsedad en ella, y debo encontrar la verdad y la falsedad y separar la una de la otra. Y así me puse a ello. Lo que he encontrado falso en esta doctrina, lo que he encontrado verdadero, y a qué conclusiones he llegado, constituyen las siguientes partes del ensayo, que, si vale la pena y es necesario para alguien, probablemente se imprimirá en algún momento y en algún lugar.

Dostoievski señala: "Cuando un gran pensador desprecia a los hombres, lo que desprecia es su pereza". Y esto explica bien el conflicto de Tolstoi con la Iglesia ortodoxa. A pesar de su énfasis en Cristo, su conexión existencial personal con lo divino y su profunda piedad, la filosofía hiperindividualista y elevada de Tolstoi supuso una desconexión entre él y los intelectuales de la iglesia, que no podían comprenderle del todo. Naturalmente, veían sus vulgares exploraciones de la depravación de la humanidad como una aprobación de la inmoralidad, y su crítica de los defectos de la Iglesia como una especie de ateísmo. Su pereza e incapacidad para comprender la magnitud del laberíntico sistema de pensamiento de Tolstoi llevaron a éste a despreciar a la iglesia. Un patrón similar ocurrió con Kant que se puede ver en su Disputa de las Facultades de 1798, donde responde a los ataques de los teólogos a su obra, que simplemente no podían entender su enorme cuerpo de trabajo. Hegel también defendió su filosofía de la Iglesia en sus Vorlesungen über die Philosophie der Religion, lamentando de nuevo la pereza y el orgullo inmerecido de los teólogos que no se tomaron el tiempo de comprender su dialéctica.

Las objeciones específicas de Tolstoi sobre los dogmas de la Iglesia que contienen falsedades ya están respondidas por la teología apofática, que ha sido enseñada por la tradición mística dogmática en la Ortodoxia durante 2.000 años, incluso en tiempos precristianos con los platónicos. Pero Tolstoi también atacó directamente algunas de las doctrinas de la Iglesia más allá de su inadecuada naturaleza catafática, influenciado por el movimiento pietista luterano. Este cuasi unitarismo le valió, comprensiblemente, la excomunión, pero más allá de las disputas específicas, también hubo una desconexión más amplia causada por la enorme complejidad de su sistema filosófico y su vasta obra literaria, que a menudo se desviaba hacia temas oscuros. En particular, su novela La resurrección fue utilizada en el Santo Sínodo de febrero de 1901 como prueba de que negaba la Trinidad y la divinidad de Cristo. No se opuso a esta excomunión, ya que su piedad individualizada, adoptada de los filósofos continentales protestantes convertidos en ateos, le había llevado a negar muchos dogmas. Pero conservó una gran admiración por parte de la profunda piedad y el intelectualismo de la Iglesia rusa, y pasó su vida meditando sobre la profunda actuación de Dios en el mundo y la naturaleza de la ley divina que se aplica a todos. Dostoievski era más realista, pero ambos metafísicos se planteaban las mismas preguntas sobre lo que significa ser auténticamente humano. La devoción inquebrantable de Tolstoi a la verdad durante toda su vida, su apasionado reconocimiento de la Imago Dei en todos aquellos con los que se encontraba, su costosa defensa de los pobres y oprimidos, y su violenta lucha contra su lado más oscuro son, irónicamente, terriblemente ortodoxos orientales en él.

No mientas: el eco de Solzhenitsyn de la piedad de Tolstoi

> Que tu credo sea este: Que la mentira venga al mundo, que incluso triunfe. Pero no a través de mí.

Jruschov elogió a Solzhenitsyn como "nuestro Tolstoi contemporáneo", irónicamente viniendo del líder del antiguo Partido Comunista que había prohibido los libros de Tolstoi y prohibió también a Solzhenitsyn. Jruschov utilizó a Solzhenitsyn para documentar los crímenes de Stalin, especialmente los gulags, que abolió y permitió que más de un millón de prisioneros regresaran a casa, corrigiendo así una mentira que su predecesor había dogmatizado. Existe un enorme solapamiento entre estos dos grandes escritores, ya que Solzhenitsyn se basa en Tolstoi, Gogol y Dostoievski. También hay diferencias significativas en su filosofía, pero una sola línea suena verdadera entre Solzhenitsyn y Tolstoi: no mientas.

En la novela Cancer Ward, Solzhenitsyn describe a los grandes enemigos de la religión marxista como el falso socialista, el capitalista extranjero, el traidor a la gran causa, el hombre no evolucionado, el teísta y el individualista. Este problema de los movimientos colectivistas que borran al individuo como unidad fundamental y más importante de la sociedad es un problema que Tolstoi comentó ampliamente. Cancer Ward está escrito con una brillantez melancólica y sombría, con costoso humor y un sutil y suave retorno a la piedad neo-tolstoievskiana. Aquí vemos apuntes filosóficos contados a través de íntimos retratos psicológicos que se convertirían en una bola de nieve una década más tarde a través de El primer círculo, Lenin en Zurich y El archipiélago Gulag; humildes esbozos a carboncillo que desafiarían a un imperio.

Solzhenitsyn señala que Lenin argumentó que debemos "resistir el mal" de Tolstoi porque negaba el axioma marxista de que los hombres viven por los "intereses de la sociedad". Las meditaciones de Tolstoi sobre la muerte eran de naturaleza existencial, lo que naturalmente usurpa las tendencias colectivistas. Su respuesta de que "la gente vive por amor" y que el amor es por definición irracional (o más bien supra-racional) contradice la dialéctica progresista. Esto se consideró antihumanista y contrario a la filosofía marxista oficial del Estado. Tolstoi, junto con Dostoievski, estaba en la larga lista de libros prohibidos por la URSS por promover ideas que contradecían la revolución. Solzhenitsyn lo señala discretamente a lo largo de la narración, pero irónicamente El pabellón del cáncer fue censurado inmediatamente en Rusia. La obra pasó a engrosar el montón de "pruebas" que acabaron conduciéndole al exilio. El personaje de Nikoláievich acepta de buen grado las enseñanzas del Estado: ve un futuro para sí mismo en la URSS posterior a Stalin, y su linfoma está en retirada. Yefrem discrepa tranquilamente; le queda poco tiempo, y su pequeño libro azul de Tolstoi le ha hecho pensar seriamente por primera vez en su vida sobre la muerte, y posteriormente sobre lo que es "malo", no para la colectividad en la que ha vivido toda su vida, sino para el alma individual.

Un elemento claro en Solzhenitsyn que lo sitúa en compañía de los grandes escritores rusos del siglo XX es su insistencia en su propia participación en los males de su sociedad. Sus personajes, incluso sus protagonistas, no son moralmente buenos. Más bien, lo que convierte a Oleg en protagonista es su voluntad de admitir el mal que es capaz de cometer y de responder intentando trascender su entorno y avanzar hacia el bien objetivo, es decir, la santidad. Este rasgo está presente en la literatura de Tolstoi, pero alcanza su apoteosis en Dostoievski. Los personajes más depravados, nihilistas y malévolos de Dostoievski son también los protagonistas, casi nunca los antagonistas de la historia.

El Ser, no el Entorno, determina la Conciencia: La sabiduría tolstoyevskiana frente al socialismo

Debido a su enfoque sobre la vida en común y la igualdad de todas las personas, las palabras de Tolstoi fueron utilizadas por varios escritores comunistas para justificar grandes horrores, por lo que no se le puede considerar un profeta como podemos llamar a Dostoievski, que advirtió y predijo perfectamente los genocidios de Stalin. Como señaló Camus, "el verdadero profeta del siglo XX no fue Marx, sino Dostoievski". Lenin creía que el llamamiento de Tolstoi a un cambio pacífico en la sociedad rusa ayudó a hacer avanzar la revolución, pero su pacifismo, su código moral absoluto y su no resistencia impidieron que el proletario se alzara con el poder. Tolstoi se desvió ciertamente hacia el reaccionarismo en algunos momentos y dio cabida a una metapolítica peligrosa, pero por mucha depravación que haya en sus obras más irreverentes, hay mayor redención en las más piadosas. Defendía la unidad y la fraternidad a nivel individual, no un sistema de gobierno verticalista, y habría odiado la arrogancia y la compasión invertida de los soviéticos.

Solzhenitsyn coincidió con Dostoievski en que las obras de Tolstoi son tan elevadas y oceánicas que no pueden aplicarse. Tolstoi condenó el Socialismo como una nueva dictadura del Proletariado, escribiendo que "Hasta ahora han gobernado los capitalistas, luego gobernarían los funcionarios obreros". Pero al mismo tiempo, algunos le culparon de haber inspirado la revolución de 1905. El personaje de Solzhenitsyn reflexiona sobre la influencia de Tolstoi:

> Te refieres al socialismo cristiano, ¿no? -preguntó Oleg, tratando de adivinarlo-. Es ir demasiado lejos llamarlo "cristiano". Hay partidos políticos que se autodenominan socialcristianos en las sociedades que surgieron bajo Hitler y Mussolini, pero no puedo imaginar con qué tipo de personas emprendieron la construcción de este tipo de socialismo. A finales del siglo pasado, Tolstoi decidió difundir el cristianismo práctico a través de la sociedad, pero sus ideas resultaron imposibles de vivir para sus contemporáneos, su predicación no tenía ningún vínculo con la realidad. Debo decir que para Rusia en particular, con nuestros arrepentimientos, confesiones y revueltas, nuestros Dostoievski, Tolstoi y Kropotkin, sólo hay un socialismo verdadero, y es el socialismo ético. Eso es algo completamente realista". Kostoglotov levantó los ojos.

Solzhenitsyn vivió los horrores que Tolstoi temía. Solz subraya la insensatez tanto de los ingenuos zaristas como de los ciegos reaccionarios. El régimen zarista derrochó un profundo patriotismo a través de la incompetencia burocrática: "Aquellos que obtienen ascensos con facilidad nunca se plantearon seriamente que el arte de la guerra cambia cada década y que es su deber seguir aprendiendo, adaptarse a los nuevos desarrollos y mantenerse al día". Dostoievski tuvo esta misma discusión con Gogol, que era zarista. Aunque compartían el desprecio por los revolucionarios, Dost advirtió a Gogol de que lo absolvía de todo mal. Solzhenitsyn tiene esta misma opinión: el régimen zarista fue su peor enemigo y creó a los revolucionarios a través de su insípida arrogancia, orgullo e ignorancia deliberada. Tanto Dost, a finales del siglo XIX, como Solzhenitsyn, a finales del siglo XX, acabaron adoptando la misma postura política de abogar por un patriotismo autoconsciente y autocrítico, al tiempo que condenaban el nacionalismo y su reaccionarismo antipodal. Esta dinámica paradójica se puso de manifiesto en el hecho de que el asesino de Piotr Stolypin (Primer Ministro de Rusia 1906-1911) trabajara al mismo tiempo para la policía secreta zarista y para los revolucionarios aracno-comunistas.

Entrar en la Primera Guerra Mundial fue una de esas locuras zaristas que ayudaron a crear la Revolución: "Por supuesto, habría sido mucho más divertido permanecer al lado de Alemania en una alianza eterna, como Dostoievski había deseado y aconsejado tan fervientemente". Vania, el tolstoievskiano de ojos estrellados, conoce a su héroe, pero se ve inevitablemente arrastrado a una guerra a la que no pertenece. Para muchos en esta época, Tolstoi era una filosofía unificadora que se situaba por encima de los caóticos ambientes religiosos y políticos derivados de la introducción de formas centroeuropeas de protestantismo (anabaptismo, testigos de Jehová neoarrianos, etc.) y de diversas ideologías socioeconómicas. El "demonio" que poseyó a Solz fue la mezcla tóxica de Marx del empirismo social inglés de Hume, Locke y Smith con la dialéctica hegeliana de la historia progresista infundida por el utopismo francés. Este parásito filosófico, una creación Frankenstein de lo peor de la filosofía continental y analítica, erradicó el ethos histórico ruso. Dejó de lado la sabiduría de Tolstoi y Dostoievski y fue "poseído" por los demonios de las religiones sociopolíticas epicúreas, aplastando los recipientes que habitaba:

> Por muy cauteloso que seas, en siete largos años la abominable tranquilidad de una existencia esencialmente pequeñoburguesa

adormecerá tu vigilancia. A la sombra de algo grande, te apoyas en un muro de hierro macizo sin mirarlo bien, y de repente se mueve, resulta ser una gran rueda de motor roja accionada por un largo y desnudo vástago de pistón, se te tuerce la columna vertebral y caes al suelo; tardíamente te das cuenta de que, una vez más, algún estúpido peligro te ha cogido desprevenido.

En El primer círculo, de Aleksandr Solzhenitsyn, su personaje Volodin reflexiona sobre la influencia del epicureísmo en el marxismo, algo que Tolstoi advirtió en su artículo Sobre el socialismo y en su "Carta a los liberales":

> El criterio supremo del bien y del mal son nuestros propios sentimientos de placer o desagrado" En otras palabras, según Epicuro, sólo lo que me gusta es bueno y lo que no me gusta es malo. Esta era la filosofía de un salvaje. El hecho de que a Stalin le gustara matar a la gente, ¿significaba que consideraba que matar era bueno? Y si a alguien le disgustaba ser encarcelado por haber intentado salvar a otro hombre, ¿era su acción por tanto mala? No, para Innokenty el bien y el mal eran ahora absolutos y distintos, y estaban visiblemente separados por la puerta gris pálido que tenía delante, por aquellos muros encalados, por la experiencia de su primera noche en prisión. Vista desde el pináculo de lucha y dolor al que ahora ascendía, la sabiduría de Epicuro no parecía más que el balbuceo de un niño.

Recuerda tu Muerte y no Pecarás

Solzhenitsyn imitó directamente La muerte de Iván Ilich (Смерть Ивана Ильича) de Tolstoi de 1886 con su "Un día en la vida de Iván Denisovich" de 1962. Los grandes rusos se centraron repetidamente en la certeza de la muerte biológica como penúltimo hecho, el único hecho de la vida que es verdadero, absoluto o relevante. En Una confesión, Tolstoi extrapola esta idea a la que se enfrenta Iván en el relato: "Por muchas veces que me digan: 'No puedes comprender el sentido de la vida, así que no pienses en ello, sino vive', ya no puedo hacerlo: Ya lo he hecho demasiado tiempo. Ahora no puedo evitar ver el día y la noche dando vueltas y llevándome a la muerte. Eso es todo lo que veo, pues sólo eso es verdad. Todo lo demás es falso".

El esbozo que Tolstoi hace de la vida de Piotr Ivanovic representa un nexo crítico en su pensamiento tras su conversión de 1870 en torno al eje del "único hecho verdadero" de la muerte. Se trata de su exploración etiológica de las ramificaciones del conocimiento experimental de la propia muerte; una reflexión autobiográfica y metafísica sobre lo que significa vivir verdaderamente una vida con sentido; aquí establece una diferencia entre la comprensión social de la bondad y la "verdadera vida", es decir, el mantenimiento de una relación metafísica con la Bondad. Al más puro estilo tolstoiano, La muerte de Iván Ilich está concebida para incomodar.

Esta línea de pensamiento fue adoptada pero llevada en una dirección muy diferente por Nietzsche, Camus y sus discípulos secularistas. La epistemología de Tolstoi es sutilmente distinta de la de Camus y conduce a conclusiones fundamentalmente diferentes sobre el sentido de la vida. Tolstoi ve esta realidad inevitable de la muerte como iluminadora de superrealidades; Camus no. Tolstoi ve el hecho de la muerte como una obviedad que exige una relación con lo eterno y una razón para sentir más profundamente y vivir mejor; Camus, en su narcisismo cobarde, ve esta realidad como un anodino. Tolstoi la ve como moralmente transformadora; Camus la ve como moralmente desintegradora. Camus toma este hecho inmutable unidimensionalmente, y en el abismo del materialismo francés, no ve ningún principio metafísico que extrapolar de él.

Tolstoi reflexiona que una vida abiertamente malvada no es tan mala como una vida cómoda y feliz, mostrando cuánto odiaba el epicureísmo: "Iván vivió una vida de lo más simple y ordinaria y, por tanto, de lo más terrible". En otras palabras, la elección de Ivanovic de hacer de la felicidad el penúltimo objetivo día a día fue la elección de abrazar la muerte absoluta. Y aquí, cerca de su final, no encontró ninguna comunidad que aliviara su dolor. "Y tiene que vivir así, solo, al borde de la destrucción, sin nadie que le comprenda y le compadezca. Ha habido luz de día; ahora, oscuridad. He estado aquí; ahora voy allí. ¿Adónde? No oía nada, salvo el latido de su propio corazón". Esto es intensamente autobiográfico, pues Tolstoi era bastante irreverente y apartaba a todo el mundo de él antes de su conversión religiosa. En su vejez, se hizo más piadoso y se reconcilió con su mujer, a la que había maltratado.

La historia de Tolstoi termina simultáneamente esperanzada y amarga. En sus últimas horas, finalmente se arrepiente y libera el odio y la arrogancia y abraza lo divino, pero su familia nunca lo entendió. La muerte no fue más para Ivanovic, no porque no fuera a morir, sino que ese desarrollo final en su fortaleza moral hacia un arrepentimiento silencioso pero real le trajo la vida por primera vez. En su vida posterior a la conversión, Tolstoi empezó a esbozar la realidad de que vivir una vida "buena" en la que afirmas tu bondad y tu derecho a jactarte de no haber hecho nunca nada horrible no es suficiente para estar genuinamente vivo; es necesaria una relación activa con la bondad a través del arrepentimiento y la abnegación; todo lo demás es una muerte en vida. En su final, Ivanovic encontró su principio.

El narrador omnipotente de Pabellón de Cáncer señala que "toda su vida había preparado a Pudduyev para vivir, no para morir". En el capítulo titulado "Ídolos en el mercado", los pacientes discuten sobre la muerte y sobre si hay que reconocerla. Algunos no quieren hacerlo, porque el reconocimiento -la conciencia y la comprensión de las implicaciones del final de la vida- es contrario a los "ídolos de la tribu" sociopolíticos a cuyo servicio han vivido su vida. La aceptación personal de su propia inexistencia pendiente amenazaba su ideología marxista y, por tanto, su homeostasis emocional y el propósito mismo de su vida en primer lugar. Dostoievski utilizó la metáfora de los demonios; Solzhenitsyn, la de los ídolos.

> Porque, ¿qué le decimos a un hombre durante toda su vida? "¡Eres un miembro del colectivo! Eres un miembro del colectivo'. Así es. Pero sólo cuando está vivo. Puede ser un miembro, pero tiene que morir solo.

Décadas más tarde, Solzhenitsyn completa este pensamiento en su discurso de graduación de Harvard de 1978:

> Si el humanismo tuviera razón al declarar que el hombre nace sólo para ser feliz, no nacería para morir. Puesto que su cuerpo está condenado a morir, su tarea en la tierra debe ser evidentemente de naturaleza más espiritual. No puede ser el disfrute desenfrenado de la vida cotidiana. No puede ser la búsqueda de los mejores medios para obtener bienes materiales y luego aprovecharlos alegremente al máximo. Tiene que ser el cumplimiento de un deber permanente y serio para que el viaje de la propia vida se convierta en una experiencia de crecimiento moral, para que uno pueda dejar la vida como un ser humano mejor de lo que la empezó.

Puede que Tolstói no fuera un santo, pero murió como un estoico.

A sus Confesiones de 1884 se adjuntan sus últimas notas escritas en su lecho de muerte, donde expresa sus últimas dudas y sus últimas esperanzas:

> Ni siquiera puedo distinguir si veo algo ahí abajo, en ese abismo sin fondo sobre el que cuelgo y hacia el que me arrastran. Se me aprieta el corazón y siento horror. ... El infinito de abajo me repele y me horroriza; el infinito de arriba me atrae y me afirma. Del mismo modo, estoy colgado de la última de mis horma, que aún no se ha desprendido de mí, sobre el abismo; sé que estoy colgado, pero miro sólo hacia arriba, y se me pasa el miedo. Como sucede en sueños, alguna voz dice: "¡Fíjate en esto, esto es!"... Todo esto estaba claro para mí, y me sentía feliz y tranquilo. Y era como si alguien me dijera: mira, recuerda.
>
> Y me desperté.

Tim Newcomb
Stuttgart, Alemania
Verano de 2023

Vida y obra de Tolstoi

1828: nacimiento de León Tolstoi

León Tolstoi nace el 9 de septiembre en Yasnaya Polyana, Rusia, en el seno de una familia noble y adinerada.

1830-1839: primeros años de educación y vida familiar

Tolstoi comienza su educación en Kazán, Rusia, y más tarde se traslada a Moscú. Su madre fallece cuando él sólo tiene nueve años.

1844-1851: Estudios universitarios y servicio militar

Tolstoi se matricula en la Universidad de Kazán para estudiar Derecho, pero abandona los estudios sin terminar la carrera. Se alista en el ejército ruso y participa en la guerra de Crimea.

1852-1857: Viajar y escribir

Tolstoi emprende extensos viajes por Europa, que influyen profundamente en su visión del mundo. Durante este periodo escribe sus primeras obras importantes, la trilogía "Infancia", "Niñez" y "Juventud".

1859: Charles Darwin publica "Sobre el origen de las especies".

La revolucionaria obra de Darwin introduce la teoría de la evolución, desafiando las creencias religiosas tradicionales y dando forma al discurso intelectual. Nietzsche y otros intelectuales comienzan a analizar sus ramificaciones.

1862-1869: El matrimonio y "Guerra y Paz"

Tolstoi se casa con Sofía Behrs y comienza a trabajar en su novela épica "Guerra y Paz". La novela, publicada por entregas, explora las complejidades de la sociedad rusa durante la época napoleónica, incluida la brutalidad de la guerra y la fragilidad de la vida.

1867: Karl Marx publica "Das Kapital"

La obra fundamental de Marx en la teoría socialista analiza el capitalismo y examina la dinámica de la lucha de clases.

1875-1877: "Anna Karenina"

Tolstoi termina y publica su obra maestra "Ana Karenina", una novela que profundiza en temas como el amor, el adulterio y las expectativas sociales.

1879: Friedrich Nietzsche publica "Así habló Zaratustra".

La obra de Nietzsche presenta ideas sobre el Übermensch y la muerte de Dios, desafía las creencias morales y religiosas convencionales y aboga por un anarquismo pleno.

1886-1889: "La muerte de Iván Ilich" y los conflictos familiares

Tolstoi publica la novela "La muerte de Iván Ilich", en la que examina la mortalidad y la búsqueda del sentido de la vida.

También se enfrenta a conflictos con su mujer y su familia debido a sus creencias radicales y su rechazo a la riqueza.

1901: "Resurrección" y activismo social

Tolstoi publica su última novela, "Resurrección", centrada en temas de redención e injusticia social. Esta es la novela que finalmente inicia su Excomunión, porque negaba y cuestionaba las doctrinas de mayo y exhibía una forma de Universalismo. Se involucra cada vez más en el activismo social, abogando por la resistencia no violenta y la vida en común, pero rechazando el Socialismo, que consideraba peor que cualquier tipo de Capitalismo.

1905: Albert Einstein publica la teoría de la relatividad especial

La revolucionaria teoría científica de Einstein desafía las nociones establecidas de espacio, tiempo y naturaleza de la realidad. Jung, amigo de Einstein, comienza a explorar las ramificaciones psicológicas de la mecánica cuántica.

1908-1910: Excomunión y obras posteriores

La Iglesia Ortodoxa Rusa excomulga a Tolstoi por sus opiniones radicales y ambiguas sobre la moral sexual, su condena de algunos de los sacramentos de la Iglesia y sus posturas socioeconómicas radicales. Sólo 7 años más tarde se justificaría la decisión de la Iglesia, ya que Lenin toma el poder y comienza el genocidio del Holodomor en nombre de los preceptos comunistas que Tolstoi respaldaba. Sigue escribiendo y publicando obras como "La sonata Kreutzer" y "El cadáver viviente".

1910: Muerte de León Tolstoi

León Tolstoi muere el 20 de noviembre en la estación de Astapovo, tras abandonar su casa de Yasnaya Polyana en busca de una vida sencilla y ascética. Su legado como escritor y filósofo sigue influyendo en generaciones.

1917: La Revolución Rusa

La Revolución Rusa conduce a la caída de la monarquía rusa y al establecimiento de un gobierno comunista bajo Vladimir Lenin, marcando el comienzo de décadas de genocidio y autoritarismo en nombre de la Equidad.

Glosario de terminología filosófica en Tolstoi

Alma (Душа/Dusha)

Componente de la esencia inmaterial de un individuo, que representa su verdadero yo interior y su naturaleza moral. Tolstoi enfatizó la importancia del alma como núcleo de la identidad humana y fuente de valores morales. Tolstoi mantiene siempre una división numinal platónica entre el alma y el mundo material, al igual que Schopenhauer entre la voluntad y el cuerpo.

"El único sentido de la vida es servir a la humanidad".

Verdad (Истина/Istina)

La realidad objetiva o el conocimiento que refleja con exactitud la naturaleza del mundo y de la existencia humana. Tolstoi consideraba la verdad como un pilar fundamental de la vida, que guía a los individuos hacia la comprensión genuina y la acción moral, y oscilaba sobre la fuente u origen de la verdad.

"La verdad, como el oro, ha de obtenerse no por su crecimiento, sino lavando de ella todo lo que no es oro".

Bondad (Добро/Dobro)

Cualidad moral de las acciones o intenciones que son beneficiosas, virtuosas y acordes con valores superiores. Tolstoi subrayó la importancia de la bondad como principio rector de la conducta humana y fundamento de una sociedad armoniosa.

"La mayor felicidad es cuando uno alcanza la cima de su propio ser y es bueno con los demás".

Maldad (Зло/Zlo)

La presencia de acciones, intenciones o cualidades dañinas o moralmente corruptas que se oponen a la bondad y la verdad. Tolstoi reconoció la existencia del mal en el mundo y destacó la lucha moral entre el bien y el mal en los asuntos humanos.

"Toda la variedad, todo el encanto, toda la belleza de la vida está hecha de luces y sombras".

Moralidad (Нравственность/Nravstvennost')

Los principios y valores que rigen la conducta correcta e incorrecta y que guían a los individuos hacia un comportamiento ético. Tolstoi exploró las cuestiones morales y subrayó la importancia de llevar una vida moralmente recta basada en principios universales, en oposición a Hume y los empiristas ingleses.

"La ley del amor puede entenderse y aprenderse mejor a través de los niños pequeños".

Will (Воля/Volya)

Facultad o poder de hacer elecciones y tomar decisiones, a menudo influidas por los deseos, la razón o factores externos. Tolstoi reconocía la importancia de la voluntad individual para forjar el propio destino y determinar el curso de las acciones.

"El hombre no puede poseer nada mientras tema a la muerte. Pero a quien no la teme, todo le pertenece".

Dios (Бог/Bog)

Tolstói nunca negó lo divino y se opuso al ateísmo racional plano de los continentales y los utilitaristas ingleses. Tolstoi abordó cuestiones teológicas y examinó el papel de la fe y la espiritualidad en la vida humana.

"Dios ve la verdad, pero espera".

Religión (Религия/Religiya)

Sistema de creencias, prácticas y valores relativos a los aspectos espirituales y trascendentes de la existencia humana. Tolstoi analizó críticamente la religión organizada y subrayó la importancia de la experiencia religiosa personal y la conexión directa con Dios.

"La religión es una de las formas de opresión espiritual, no necesariamente limitada a la religión".

Libertad (Свобода/Svoboda)

El estado de no tener restricciones o de estar liberado de limitaciones externas, lo que permite a los individuos actuar y pensar de forma independiente. Tolstoi abogó por la libertad personal y cuestionó las estructuras sociales y políticas que impedían la autonomía individual.

"La verdadera vida se vive cuando se producen pequeños cambios".

Razón (Разум/Razum)

Capacidad de pensamiento lógico, racionalidad y comprensión intelectual que permite el análisis crítico y la comprensión. Tolstoi valoraba la razón como herramienta para buscar la verdad, resolver conflictos y tomar decisiones con conocimiento de causa.

"El más fuerte de todos los guerreros son estos dos: Tiempo y Paciencia".

El despertar moral (Нравственное пробуждение/Nravstvennoe probuzhdenie)

Proceso de toma de conciencia y reconocimiento de las propias responsabilidades morales, que conduce al crecimiento y la transformación personales. Tolstoi exploró el concepto de despertar moral como catalizador para que los individuos reevalúen sus valores y se esfuercen por mejorar moralmente.

"Todo el mundo piensa en cambiar el mundo, pero nadie piensa en cambiarse a sí mismo".

Острота (Ostrota)

La agudeza o intensidad de la percepción, a menudo asociada con una mayor sensibilidad a la belleza y profundidad del mundo. Tolstoi apreciaba el concepto de "острота" como una forma de describir una mayor conciencia de las complejidades de la vida.

"El más fuerte de todos los guerreros son estos dos: Tiempo y Paciencia".

Тоска (Toska)

Un anhelo profundo o melancólico, a menudo asociado con un intenso anhelo espiritual o existencial de significado y conexión. Tolstoi exploró el concepto de "тоска" como una poderosa emoción humana que puede impulsar a las personas a buscar verdades profundas.

"Todas las familias felices son iguales; cada familia infeliz lo es a su manera".

Смирение (Smirenie)

Humildad o mansedumbre, a menudo entendida como una virtud que abarca la modestia, el desinterés y la ausencia de orgullo o arrogancia. Tolstoi consideraba la "смирение" como una cualidad esencial para las personas que buscan el crecimiento moral y espiritual.

"En el nombre de Dios, detente un momento, deja tu trabajo, mira a tu alrededor".

Духовное пробуждение (Dukhovnoe probuzhdenie)

Despertar espiritual, referido a un proceso transformador de expansión de la conciencia y profundización de la conexión con lo divino o las verdades superiores. Tolstoi contempló el concepto de "духовное пробуждение" como un medio para trascender el mundo material y descubrir profundas percepciones espirituales.

"Todo el mundo piensa en cambiar el mundo, pero nadie piensa en cambiarse a sí mismo".

Самопознание (Samopoznanie)

Autoconciencia o autoconocimiento, que implica una profunda comprensión e introspección de los propios pensamientos, emociones y valores. Tolstoi hizo hincapié en la importancia de "самопознание" como una vía para el crecimiento personal y el desarrollo moral.

"Para deshacerse de un enemigo hay que amarlo. Amarle y perdonarle".

Благодать (Blagodat')

Gracia, a menudo referida al favor divino e inmerecido

concedido a los individuos, que conduce a la iluminación espiritual o a la salvación. Tolstoi exploró el concepto de "благодать" como una fuerza transformadora que puede inspirar a los individuos hacia una vida moral y ética.

"El único conocimiento absoluto alcanzable por el hombre es que la vida carece de sentido".

Вечность (Vechnost')

La eternidad, que representa un estado atemporal e infinito más allá de las limitaciones de la existencia temporal. Tolstoi contempló el concepto de "вечность" como una forma de comprender la naturaleza trascendente de la vida humana y la búsqueda de verdades superiores.

"Si no hay inmortalidad del alma, entonces no hay virtud, y no hay ley moral".

Интуиция (Intuitsiya)

Intuición, se refiere a la capacidad de captar verdades o percepciones sin depender del razonamiento consciente o el análisis lógico. Tolstoi reconoció el poder de la "интуиция" como fuente de conocimiento que puede proporcionar una comprensión más profunda de los misterios de la vida.

"Los dos guerreros más poderosos son la paciencia y el tiempo".

Сопротивление (Soprotivlenie)

Resistencia o resistencia no violenta, que denota el acto de oponerse o desafiar sistemas opresivos o acciones injustas a través de medios pacíficos. Tolstoi abogó por la "сопротивление" como método moral y eficaz para el cambio social y político.

"Lo incorrecto no deja de serlo porque la mayoría lo comparta".

Сверхразум (Sverkhrazum)

Superconciencia o conciencia superior, que representa un

estado expandido de conciencia más allá de la percepción ordinaria. Tolstoi exploró el concepto de "сверхразум" como medio para acceder a percepciones más profundas y conectar con verdades universales.

"El único sentido de la vida es servir a la humanidad".

Соборность (Sobornost)

Comunión o unidad espiritual, que se refiere a un estado de ser armonioso e interconectado en el que los individuos trascienden su yo individual y se unen como un todo colectivo. Tolstoi adoptó la idea de "соборность" como forma de fomentar la empatía, la compasión y la cooperación entre las personas.

"Todo, todo lo que entiendo, lo entiendo sólo porque amo".

Внутренняя свобода (Vnutrennyaya svoboda)

Libertad interior, que denota un estado de liberación de limitaciones internas, como miedos, deseos y apegos. Tolstoi hizo hincapié en la importancia de cultivar la "внутренняя свобода" como forma de alcanzar la autenticidad y vivir de acuerdo con los verdaderos valores morales de cada uno.

"La verdadera vida se vive cuando se producen pequeños cambios".

Патриотизм (Patriotismo)

Patriotismo, se refiere a un fuerte sentimiento de lealtad, amor y devoción hacia el propio país o nación. Tolstoi explora el concepto de "патриотизм" y cuestiona sus implicaciones, examinando las responsabilidades morales de los individuos hacia su nación y la humanidad en su conjunto.

"El patriotismo en su significado más simple, claro e indudable no es más que un instrumento para la consecución de los ambiciosos y mercenarios objetivos del gobierno".

Христианская любовь (Khristianskaya lyubov')

Amor cristiano, que representa el amor incondicional y desinteresado propugnado por las enseñanzas del cristianismo. Tolstoi hizo hincapié en el poder transformador del "христианская любовь" como imperativo moral y forma de fomentar la armonía y la compasión en la sociedad.

"El amor es la vida. Todo, todo lo que entiendo, lo entiendo sólo porque amo".

Исповедание (Ispovedanie)

Confesión o autoexamen, que implica un examen sincero e introspectivo de los propios pensamientos, acciones y defectos morales. Tolstói valoraba la práctica de la "исповедание" como medio de crecimiento personal, reflexión moral y esfuerzo por alcanzar un nivel ético más elevado.

"En el nombre de Dios, detente un momento, deja tu trabajo, mira a tu alrededor".

Made in the USA
Columbia, SC
09 September 2024